KB272996

한낮의
불운

À nos
vies
imparf-
aites

한낮의
불운

Anos
vies
impari
faites

베로니크
오발데 소설

이세진
옮김

디설
책방

일러두기

주석은 모두 옮긴이 주입니다.

차례

오귀스트 바라카가 겪은 낭패들 · 7

"당신은 성공으로 빛나고 있네요" · 31

자기에게로 가는 길 · 57

미래의 남자와 철조망 소녀 · 77

슈뮐 박사에게 나타난 기이한 새 · 97

제대로 쓰이지 못한 재능 · 117

범람하는 물 · 135

동네의 여왕 · 159

옮긴이의 말 · 186

Les désarrois d'Auguste Baraka

오귀스트 바라카가 겪은 낭패들

10월의 어느 목요일, 루아 카를 거리의 아파트 욕실에서 오귀스트 팔랑캥은 지금까지와는 정반대로 살아보리라 결심했다. 그는 스물여덟 살이고 '기어를 바꿀' 때가 됐다고 생각했다. 그날까지 그는 늘 자신을 재수가 없는 사내로 정의해 왔다. 어떤 면에서 그것은 대단히 영리한 처사였으니, 느닷없이 나쁜 소식이 들이닥쳐도 타격이 없는 까닭이다. 무슨 일이든 무탈하게 흘러가기만 해도 축복 같았다. 그러한 성향은 그를 친구들 사이에서 더없이 유쾌한 녀석으로 만들지는 못해도(불평을 입에 달고 사는데 친구들이라고 해서 지치지 않을 리 있나) 어쩌다 가끔 부르는 손님으로 서는 썩 나쁘지 않은 입지를 마련해주었다. 오귀스트 P.는

오귀스트 바라카가 겪은
낭패들

실제로 자기연민 발작을 조절하는 법을 배웠고, 이따금 저녁 모임에서 자기연민을 자조로 위장해 자신이 얼마나 어설프고 지지리도 운이 없는 놈인지 떠벌리며 손님들에게서 (안도의) 웃음을 끌어냈다. 우리 집이 아니라 옆집에 떨어진 벼락은 언제나 위안이 되는 법이다.

불운으로 치닫기 쉬운 기질은 일찍부터 두각을 나타냈다. 대외적으로 오귀스트 P.의 아버지는 장거리 항해 선장이었다. 오귀스트(문제의 선장이 과도한 예언자적 충동에 취해 지어준 이름*)는 어린 시절 내내 아버지의 순례를 따라 항구들을 전전했다. 설명하기 어려운 기벽을 지닌 그의 부친은 항무관 사무소를 여기저기 옮겨 다니며 항구를 드나드는 선박들에게 정박 위치를 정해주고 그 선박들이 제대로 환대받는지를 위엄 있게 챙기는 일에 만족했다.

(이에 대한 나의 이론을 제시하자면, 오귀스트 P.의 아버지가 장거리 항해 선장이었다는 말은 내가 천체물리학자라는 말과 진배없지 않은가 싶다. 하지만 알다시피, 때로는 조종사 모자를 쓰고 장기 노선 파일럿이라고 거듭 힘주어 말하기만 해도

---

*　Auguste(오귀스트)라는 이름의 어원에는 augure(점, 점술, 징조)라는 단어가 있다.

모두가 그의 조종 솜씨를 인정하는 법이다.)

　　이 경우, 오귀스트의 아버지는 아들이 실제로 장거리 항해 선장이 되기를 바랐을 것이다. 하지만 오귀스트는 유년 시절을 떠돌이로 보내면서 우울하고 과묵한 성품으로 자랐다. 아버지는 아들에게 "생의 약동이 부족하다"라고 말하곤 했다. 팔랑캥 씨는 6개월 이상 한 곳에 머무는 법 없이 자신의 겸손한 소임을 다하기 위해 항구에서 항구로 떠돌았고, 오귀스트는 한 학년도 시작한 곳에서 마친 적이 없었다. 널뛰듯 불안정한 학교생활은 소년에게 명백한 고독 성향을 길러주었고—역경은 법칙을 만드나니—학교에 가지 않는 날이면 그는 늘 작은 녹음기와 마이크를 들고 나가 대화를 추적하고(비록 아무런 관심도 없는 대화일지라도) 오만가지 소리(종이 구겨지는 소리, 라디에이터의 노킹 소리, 갈퀴에 쓸리는 자갈 소리, 안개 짙은 날의 뱃고동 소리, 갈매기 날아오르는 소리, 위에서 두 번째 계단이 삐걱대는 소리)를 찾아다녔다. 오귀스트는 굳이 또래와 어울리려 들지 않는 아이였다. 숨바꼭질을 하던 동무들이 모두 돌아간 후에도 자신이 숨어 있던 곳에 밤새 남아 있을 아이. 아무도 그 애에게 놀이는 끝났다고 알려주지 않을 테니까. 아무도 그 애가 없다는 사실을 알아차리지 못할 테니까.

오귀스트 바라카가 겪은
낭패들

더욱이 오귀스트 P.는 바다를 좋아하지 않았다. 뱃멀미 때문이 아니라(뱃멀미도 하긴 했지만) 바다가 무서웠기 때문이었다. 바다의 냄새, 유순한 모습 아래 감추고 있는 격렬함, 그 아래 심해, 바다의 맹목적인 육식동물들, 오늘날 바다의 안타까운 상태까지도—이것이 인간들에 대한 오귀스트 P.의 음울한 견해를 확고하게 굳혀주었는데—그를 불행하고 겁먹은 아이로 만들었다.

하여, 그는 적잖이 실망스러운 아들이었다.

충분히 어그러진 이 유년의 초상을 완성하듯, 어느 날 그의 어머니는 잠비아로 산파술을 가르치러 떠났다. 어머니는 그에게 엽서를 보내곤 했다(팔랑캥 씨와의 항구 순례는 언제나 진행 중이었기 때문에 엽서는 항상 몇 달 늦게 그의 손에 들어왔다). 엽서에서 어머니는 아들을 자기 곁으로, 바다와 단 한 뼘도 면하지 않는 그 멋진 나라로 데려오겠노라 약속했다. 굳이 말할 필요도 없겠지만 그런 일은 결코 일어나지 않았다.

오귀스트는 열여덟 번째 생일 전날까지 아버지와 살았다. 그날 저녁 팔랑캥 선장은 엘리베이터를 타고 자기 사무실에서 내려왔다. 그는 자기는 늘 계단만 이용한다고, 엘리베이터는 모욕적인 발명품이요, 빌어먹을 물건이라고 말하곤 했다. 그렇지만 아주 이른 아침에 하선하거나 늦게까지 혼자 있다 나올 때는 승무원실 엘리베이터의 수력 전기 역학에 의지하지 말란 법도 없었다. 사실 그것은 팔랑캥 씨가 남몰래 즐기는 사소한 쾌락이었다. 살짝 민망하지만(절대로 누군가를 맞닥뜨려서는 안 된다) 지극히 달콤한 쾌락. 아마도 그래서 그는 들떠 있었고 버튼을 착각했을 것이다. 팔랑캥 씨는 '로비'를 눌러야 했건만 '지하 1층'을 누르고 엘리베이터 뒤쪽 벽에 기대어 신문을 펼쳤다(계단을 이용할 때는 할 수 없는 일). 그런데 그 벽이 지하 1층에서는 주차장과 연결되는, 양옆으로 열리는 문으로 변했다. 문이 열리자 팔랑캥 씨는 그대로 뒤로 넘어갔고 콘크리트 바닥에 부딪혀 목뼈가 부러졌다.

장례식을 집전한 사제는 부조리하고 납득하기 어려운 죽음들을 이야기했다. 그는 하늘에서 떨어진 거북에 머리를 맞아 죽은 아이스킬로스를 언급했다. 거북을 잡아 날아가던 독수리가 철학자의 빛나는 대머리를 바위로 착각해 거북의 등딱지를 깨뜨릴 속셈으로 떨구었다나. 오귀스트가 알고 싶었던 것은 불운도 유전이 되는지였을 것이다. 그의 할아버지, 그러니까 팔랑캥 선장의 부친도 어이없는 상황에서 목숨을 잃었다. 오귀스트의 할아버지는 바닷속

오귀스트 바라카가 겪은
낭패들

사냥에 심취해서 (고무 끈, 케이블, 막대기, 화살로) 손수 만든 작살총을 들고 취미 생활을 즐기러 나서곤 했다. 그는 특히 비 오는 날을 좋아했다(해수의 산소 과다＋육식동물들의 흥분). 폭우가 몰아치던 어느 날, 그의 작살총에 달린 화살은 이상적인 피뢰침이 되었고 딱한 영감님은 벼락을 맞고 즉사했다. 오귀스트 P.가 불운의 유전을 염려하는 것도 무리가 아니다.

장례식은 그의 열여덟 번째 생일 다음 날이었다. 그것이 어머니에게는 돌아오지 않을 이유가 되었다. 아들은 이제 미성년자가 아니었으니까. 그녀는 묘지로 근조 화환을 보냈고 오귀스트에게는—이국적인 맛의 작은 폭탄 같은—과일 바구니를 보냈다. 그는 정말로 어머니에게 폭탄을 받은 기분이 들었다. 테러리스트가 지하철역 쓰레기통에 몰래 설치하는, 그런 종류의 폭탄 말이다. 당연히 오귀스트는 그 바구니에 손도 대지 않았다. 대신 부패의 소리를 탐구하기 위해 녹음기를 들고 그 옆에서 대기했다. 부패에도 소리가 있다. 허물어지고, 쪼그라들고, 액체가 배어나고, 돌돌 구르는 듯한 소리. 병적인 면은 전혀 없었다. 오귀스트는 다소 혼란스러워하고 있었을 뿐, 그냥 호기심 많은 소년에 불과했다.

그 후 오귀스트는 아버지의 아파트에서 하릴없이 왔다 갔다 했다. 관리자가 득달같이 쫓아낼 작정은 아니라고 해도 그 아파트는 관사이기 때문에 짐을 빼야 했다. 불운이 우리의 형제자매인 인간들과 직접적 상관이 없다는 점을 짚고 넘어가는 것이 좋겠다. 우리는 잘못이 누구에게 있는지 콕 집어내기를 좋아하지만 불운은 별들이 안타깝게 겹치면서 일어나는 문제다. 더욱이 불운은 그것을 겪은 사람이 독보적 지위를 차지한 것 같은 착각을 불러일으켜 자신의 미미함을 온전히 의식하지 못하게 한다. "꼭 나한테만 이런 일이 생긴다니까"라는 생각은 자기중심적 체계로 급격히 둔갑할 수 있다.

어쨌거나 오귀스트는 하릴없이 왔다 갔다 하면서 우중충한 생각을 곱씹지 않기 위해 운전면허를 취득하려 했는데, 불행히도 주행 시험 중에 사고가 났다. 그의 잘못은 아니었다. 아무렴, 아니고말고. 트럭 운전사가 빨간불을 무시하고 그에게 돌진한 거다. 그렇지만 그런 일을 당하고 나서 운전에 대한 자신감을 회복하기란 어렵다. 그는 다시 자전거로 돌아갔고 친구와 캠핑을 하러 갔다가 해변의 클럽 파티에서 어떤 여자를 만났다. 둘은 서로 눈이 맞았다. 감전이라도 된 것처럼 찌릿찌릿하게. 그들은 둘 다 홀 가

15

장자리에 서서 어깨만 좌우로 달싹거릴 뿐 절대로 무대로 뛰어들지는 않는 타입이었다. 두 사람은 귀에 대고 고함을 지르다시피 하면서 대화를 나누었고 서로 생긋 웃어 보였다. 여자는 새벽 1시 전까지 이모 집으로 돌아가야 했기 때문에 자기 번호를 알려줬다. 그녀는 오귀스트의 팔뚝에 전화번호를 적어두고 가볍게 키스한 후 자리를 떴다. 파티는 세차용 거품총 쏘기로 이어졌고 그런 건 이미 유행이 지났기 때문에 처음에는 다들 시답잖게 여겼지만 얼마 안 가 거품의 위력에 넘어갔다(에탄올＋비누 거품＝명확한 화학적 마법). 무엇보다 그는 아름다운 약속의 행복에 취해 있지 않았는가. 물론 전화번호는 남아나지 못했다.

캠핑에서 돌아온 후 오귀스트의 친구는 그들이 공통으로 알고 지내는 사람들에게 오귀스트와 캠핑을 가면 썩 좋은 점이 있다고 농을 치고 다녔다. 그보다 더 효과적인 모기 기피제는 없다나. 실제로 모기들은 귀신같이 오귀스트의 피만 빨았다.

이듬해에 그는 음향 기사 국가고시에서 동명이인 오귀스트 팔랑캥과 시험 결과가 뒤바뀌었고(누가 이런 얘기를 믿어줄까?) 자신이 합격 성적의 주인임을 입증하는 데만 장장 6개월이 걸렸다. 그러다 보니 그는 살짝 신경쇠약에 걸리고 말았다. 내가 정말로 나라고 하는 그 오귀스트가 맞을까? 이때 그는 의사에게 처방받은 항불안제를 먹었는데 그 약은 알려지지 않은 부작용을 일으켰다(한동안 아무것도 못 할 정도로 심하게 땀이 났다). 마음의 평정을 찾기 위해 그는 짧은 여행을 떠났고 어느 마을에서 만난 등산객들과 저녁에 술집에서 한잔하다가 바로 옆에 있는 묘지로 오줌을 누러 나갔다. 그가 몸을 기댄 묘석이 쓰러지면서 발가락을 짜부라뜨렸고 결국 발가락 두 개는 절단해야 했다.

그 밖에도 많은 일이 있었다.

그를 아는 사람들은 자상하게도 그를 오귀스트 바라카*라는 별명으로 불렀다.

그는 **MA**, 익명의 재수 없는 자들Malchanceux Anonymes이라는 토론 모임에 들어갔다. 그들은 화요일 저녁마다 줌바 수업이 열리는, 따라서 조용함과는 거리가 먼 지하 다목적실에 모였다. 그들은 나무와 금속 재질의 학생용 의자(예전 학생들이 컴퍼스 끝으로 새겨 넣은 메시지나 아득한 옛날부터 보편적으로 통했던 남녀 성기의 이미지가 있는)를 하나씩 차지하고 원형으로 모여 앉아 커피를 마시거나 마블케이

* 　행운, 축복이라는 뜻.

크를 먹었다. 저마다 운이라고는 쥐뿔만큼도 타고나지 못한 가련한 피조물의 고난을 털어놓았다. 그들은 통계적으로 말이 안 되는 예외에 속했다. 특별한 부류. 대다수는 일종의 외상 후 스트레스 장애에 시달리느라 그 어떤 일에도 뛰어들지 못하고 있었다. 이러한 모임의 이점은 그래도 내 팔자가 다른 모임원보다는 낫다는 생각을 품게 된다는 것이다. 해적처럼 한쪽 눈에 안대를 하고 다니는 이 여자는 지하철이 급정거하는 바람에 아이라이너 펜슬로 제 눈을 찔렀다. 당뇨 진단을 제대로 받지 못해 결국 손을 절단한 피아니스트는 또 어떻고. 그 밖에도 소소한 불운들을 전전하며 살아온 다른 이들이 있었다. 그중에는 제법 무심하게 두 손을 목덜미에 대고 깍지 낀 자세로 매주 그 주의 불운담을 털어놓는 이 남자도 있었다. 컴퓨터 자판에 오렌지주스를 엎질렀다든가, 자기는 고양이 알레르기가 있는데 이제 막 좋아하게 된 여자가 고양이를 다섯 마리나 키운다든가, 여름휴가 숙소에서 빈대가 옮아 왔다든가, 취업 면접이 있어서 새로 산 흰색 셔츠를 입고 왔는데 구내식당 메뉴가 하필이면 볼로네제 스파게티였다든가, 수영대회 직전에 무좀에 걸렸다든가…….

그러나 오귀스트는 MA를 하는 수 없이 떠나야 했다.

그들에게 몇 가지 근사한 성공담을 숨길 수밖에 없는 처지에 놓였기 때문이다. 그도 그럴 것이, 오귀스트의 삶은 꼬리에 꼬리를 무는 실망으로만 점철되어 있지 않았다. 비록 그런 실망들이 친구들을 한바탕 웃겨주었고 사회 속에서 그에게 불가해한 매력을 더해주었다지만 말이다(물론 '불가해한 매력'이라는 표현은 딱히 정해진 뜻이 없으므로 상상은 자유다. 여기서는 짐짓 겸손한 척하는 이야기꾼의 우아함 정도로 보면 될 것이다). 한번은 라디오 퀴즈 대회에서 우승을 차지했다. 몇 초짜리 현장음을 듣고 그곳이 어느 나라인지 맞히는 퀴즈였다. 오귀스트는 총 서른두 개 수도를 알아맞혔고 그가 받은 상품으로 말하자면 8트랙 녹음기, 고성능 마이크 세트, 믹싱 콘솔…… 운때가 기막히게 맞았다. 오귀스트의 우승 직후 그 퀴즈는 폐지됐으니까. 선량한 청취자들이 들고일어나 음향으로 묘사된 퀴즈 문항들이 불쾌한 인상을 너무 깊이 남긴다고 항의했다나(뉴욕의 사이렌, 농무濃霧 경적, 이슬람 사원에서 기도 시간을 알리는 외침, 빙하가 사박사박 녹는 소리, 큰 칼들이 부딪히는 소리……).

어쨌거나 MA 모임 덕분에 오귀스트는 확신을 얻었다. 더 이상 불운의 무대 뒤편을 어슬렁대기나 하며 살아

오귀스트 바라카가 겪은
낭패들

서는 안 되겠다는 확신을. 그리하여 10월의 그 목요일, 이제는 주도적으로 살아볼 때라는 생각이 들었다. 이제는 사건이 몰아치면 몰아치는 대로 휘둘리다가 숙명론자처럼 어깨나 으쓱하지는 않을 것이다. 지금 그는 자산이 웬만큼 있었다. 아버지가 남긴 약간의 돈이—투기보다는 방임에 힘입어—불어나 있었고 어머니가 보내준 돈도 있었다. 어머니는 못돼먹은 사람은 아니었고, 그녀가 선택한 잠비아에서 지내면서도 아들내미의 아쉬운 사정은 익히 알고 있었다. 자산이라고 하면 그가 멋지게 획득한 녹음 장비도 빼놓을 수 없었다. 바야흐로 오귀스트는 그가 좋아하는 일, 즉 소리에만 매진할 준비가 되어 있었다. 그는 적당한 공간을 찾기 위해 지역 광고들을 찾아보았다. 특히, 그날 아침 보러 가기로 한 곳에 기대가 컸다. 그곳은 그의 집에서 도보로 8분밖에 걸리지 않았다.

오귀스트는 욕실 거울을 들여다보았다. 머리는 깎은 지 얼마 안 됐고, 셔츠는 눈동자 색깔과 같은 파란색을 골랐다. 그는 파란 눈이 자신의 매력 포인트이고 곧잘 좋은 첫인상을 남긴다는 것을 알고 있었다. 거울을 본답시고 혼자 미소를 지어보았다. 몸 상태가 괜찮았다. 기분도 좋았다. 자신이 믿을 만하고 무해한 인상이라는 것은 잘 알고 있었다. 친하게 지내는 여자 중 한 명이 오귀스트가 크리스마스트리만큼이나 위협감이 없다고 말한 적도 있었다. 그러한 매력은 불안이 높은 여자들에게 잘 먹혔다.

그는 회색 외투를 걸치고 진녹색 바인더를 들었다. 고무줄로 고정하는 바인더에는 방문에 필요할 성싶은 것들을 넣었다. 바인더를 들면 자세가 왠지 그럴싸해지고 관계자 분위기를 낼 수도 있어 좋았다. 가스를 잠그고, 우산을 챙겼고, 열쇠도 잊지 않았다.

(오귀스트 P.가 특이한 인생을 살아왔으니만큼 강박장애, 갖가지 징크스, 공포에 맞서기 위한 자질구레한 동작 들로 똘똘 뭉친 인간이 될 수도 있었을 것이다. 하지만 웬걸, 실상은 그렇지 않았다. 그는 비교적 자신감 있고 비교적 온화한 사내였다. 단지 남들보다 좀 더 체계적인 편이었을 뿐이다. 오귀스트 P.는 확실히 선량한 심성의 소유자였다.)

그날은 차가 많아서 길을 건너갈 때 상당히 주의를 기울여야만 했다. 자동차 운전자들은 평소보다 짜증이 많아 보였고, 그 목요일 아침에 유독 많았던 자전거 운전자들은 도시에서 시행 중인 교통 규칙이 자기들에게도 적용된다는 사실을 늘 고려하지는 않는 듯했다. 오귀스트 P.는 투덜거릴 수도 있었겠지만 절대 그러지 않았다. 그는 단지 고개를 주억거리고 눈썹을 치켜뜨면서 경계를 유지했다. 그는 인간들에게 큰 기대를 하지 않았다. 그리고 자주 실망하지도 않았다.

그날 그는 자신이 눈독 들인 매물이 있는 건물 앞에서 부동산 중개인과 만나기로 되어 있었다. 그녀를 멀리서도 알아볼 수 있었다. 그 여자일 수밖에 없었다. 그녀는 핸드폰을 들고 하늘을 쳐다보며 발을 동동 구르고 있었다. 보부상처럼 말도 안 되게 큰 가방을 어깨에 메고 자기를 보호하려고 그러는지 빼앗길까 봐 그러는지 서류철을 가슴에 꼭 안고 있었다. 그녀의 이름은 에바 코파였다(통화했을 때 "돼지 생햄coppa 있죠, 그 코파예요"라고 했다). 시선을 끄는 노란색—환하게 맞이하는 듯한 미나리아재비꽃 색깔의—외투를 입었고, 이동이 많은 일을 하는 사람치고는 다소 과하게 굽이 높은 구두를 신고 있었다. 짙은 갈색 머리는 짧고 꼬불꼬불했다. 둘 사이의 거리가 점점 좁혀질수록 그녀는 매력적으로 보였다. 하지만 어디까지나 분위기를 파악할 때 그랬다는 얘기다. 에바 코파는 그가 좋아하는 여성의 부류에 부합했다. 그건 엄연한 사실이다. 단, 그 이상은 아니었다. 그녀는 오귀스트가 걸어오는 모습을 보고 눈썹을 치켜뜨더니 통화 중이어서 미안하다는 듯 고개를 살짝 까딱하고 현관문 비밀번호를 눌렀다. 건물은 현대식이었고 특이 사항은 없었다. 그녀는 통화를 계속하면서 팔꿈치로 문을 밀고 들어갔고 오귀스트에게 따라 들어오라는 몸짓을 했다. 로비(사기 화분 속에서 석회 알갱이만을 자양분 삼는 듯한 선인장, 대관절 무슨 생각인지 서로 마주 보게 배치해 놓은 두 개의 거울, 입주자가 바뀔 때마다 명패가 계속 덧붙여지는 우편함)를 지나니 복도가 나왔고 계단을 조금 올라가 또 다른 복도를 걷다가 다시 우회전을 했다. 에바의 구두 굽 소리가 또각또각 울렸다. 오로지 그 또각또각 소리를 듣는 즐거움을 위해 그런 구두를 착용할 수도 있을 것 같았다. 오귀스트는 꿈꾸듯 헤벌레 미소를 지으며 노란 옷의 여인을 따라갔고, 그녀는 몇 번째인지 모를 복도를 끝까지 걸어갔다가 계단을 올라갔다가 내려갔다가 했다. 과연 어딘가에서 멈추기는 할까 싶을 때, 마침내 에바가 다른 문들과 똑같이 생긴 포도주색 문 앞에서 전화를 끊었다. 그러고는 안도의 한숨을 내쉬고 활짝 웃는 얼굴로 오귀스트를 돌아보더니 제가 시끄러웠죠, 하고 말했다.

지상층에 방 하나와 욕실, 주방이 있는 집이었다. 작은 정원에는 긴 의자와 대나무가 있었다. 그리고 지하에 공간이 하나 더 있었다. 그곳은 오귀스트에게 안성맞춤이

오귀스트 바라카가 겪은
낭패들

었다. 녹음 부스를 설치하고 스튜디오를 꾸리기에 딱 좋은 공간. 사방이 경이로우리만치 고요했다.

에바 코파가 외투를 벗었다. 외투 속에 구불구불한 무늬의 원피스를 입고 있어서 왠지 화면보호기를 떠올리게 했다. 나이는 오귀스트보다 예닐곱 살 많을 성싶었고(확실치는 않다. 오귀스트는 사람 나이를 짐작하는 데 젬병이니까), 목소리가 매우 고왔으며, 눈빛에 살짝 수심이 비쳤다. 오귀스트의 신경은 에바가 하는 말의 내용보다 그녀의 음성에 온통 쏠렸다. 그녀가 이제는 잊히고 아무도 쓰지 않는 외국어를 구사한다고 해도 하등 상관없을 만큼. 어쨌든 에바는 부동산 중개인 역할을 과장되게 수행하면서 '파격적인 공간', '아일랜드 식탁', '마이크로마켓' 같은 용어들을 구사했다. 제 역할을 다하려 애쓰는 그녀의 태도는 상대의 마음을 충분히 누그러뜨릴 만했다.

그녀는 지하실로 통하는 계단을 앞장서서 내려갔다. 그곳을 방으로 꾸밀 수도 있다고 했다. 오귀스트는 이 집에 들어와 살지는 않을 거라고 알려주었다. 녹음실을 차리려고요, 라고 덧붙였다. 그녀는 당황하는 눈치였다. 그러고는 낯빛을 수습했다. 오귀스트는 이 공간이 자기에겐 더할 나위 없다고 말했다. 에바는 고개를 끄덕이고 찬찬히 생각해 보라 권했다. 오귀스트는 살짝 놀랐다. 대체로 부동산 중개인들은 이미 세 팀이 보고 간 곳이니 이 대박 매물을 놓치고 싶지 않다면 당장 결정을 내려야 한다는 식으로 말하지 않는가. 때때로 그들 자신이 부동산 광고란인 것처럼 "딱 선생님 집이지요?" 유의 말을 덧붙이기도 하고 말이다. 그래서 오귀스트는 에바 코파의 가벼운 망설임에 흥미가 일었다. 부동산 중개인의 근사한 갑옷에서 균열을 본 것 같았다. 어떤 조심성이랄까, 배려랄까. (나는 무엇보다 오귀스트의 순진함이 내 마음을 이렇게나 움직인다고 생각한다.) 그는 제자리에서 한 바퀴 돌아보았다. 이미 방음벽, 카펫 색깔, 마감재의 나무 냄새를 상상하고 있었다. 에바는 그를 기다려 주었다가 다시 지상층으로 데리고 올라갔다. 오귀스트는 가정교육을 잘 받은 남자답게 이번에는 에바보다 앞에서 계단을 올랐다. 그는 이런 디테일이 차이를 만든다는 것을 알고 있었다. 계단에서 여성 뒤에 서는 거 아니다, 민망한 부분이 네 눈높이에 올 수도 있거든, 아버지는 말하곤 했다. 작은 정원에서 두 사람은 얼굴을 마주 본다. 그녀는 주저하고 있다. 바깥의 구름이 걷히면서 문득 햇살이 그들 발치에 떨어진다. 햇살 속에서 무수한 먼지 입자가 나긋하게 요동친다. 의심의 여지가 없다. 그들

오귀스트 바라카가 겪은
낭패들

사이에서 뭔가가 일어났다.

잠시 뒤 에바의 핸드폰이 울린다. 그녀가 서툰 몸짓으로 가방에서 핸드폰을 꺼내 전화를 받는다. 나중에 다시 할게. 그러고는 말해둘 필요가 있다는 듯이—실은 전혀 그렇지 않았는데도—전화를 끊은 후 오귀스트에게 덧붙인다. 우리 딸이에요.

오귀스트는 살짝 실망한다. 바보 같기는. 도대체 무슨 생각을 하고 있었던 걸까? 그는 몸을 흔들고는 그 공간이 아주 마음에 든다고, 서류는 준비됐고 대출도 필요하지 않으니 최대한 빨리 거래를 체결하면 되겠다고 했다. 그녀가 미소를 짓는다. 갑자기 약간 난처해하는 듯, 아니 힘이 쭉 빠진 듯 보인다. 뭐라 말하기는 어렵다. 이윽고, 그녀가 다 포기한 사람처럼 탁 풀어졌다. 그래요, 잘됐네요. 그러면 부동산 사무실로 와주세요. 그녀가 서명을 받으려고 부동산 방문 확인서를 찾는 동안 오귀스트는 정원을 향해 돌아서서 한숨을 내쉰다. 그는 여기서 잘 지낼 것이다. 이렇게 이상적인 곳은 없으리라. 하염없이 차분하고 적막하며 면학적이기까지 한 분위기다. 오귀스트는 그 순간 에바 코파의 머릿속에서 무슨 일이 벌어지고 있는지 짐작하지 못한다. 그녀의 동요, 양심의 가책, 거의 한 자밤의 슬픔—자기

혐오—도 모른다.

　복도에서 복도로 연결되는 길을 거꾸로 돌아 나와 길에서 각자의 방향으로 갈라질 때, 그녀에게 이 집을 소개받은 사람들이 모두 그랬듯이, 오귀스트도 신난 사람처럼 말한다. 미로가 따로 없네요. 그녀가 손을 내밀어 그와 악수를 한다. 누군가의 손을 잡는 방식은 얼마나 많은가. 악수 한 번으로 전할 수 있는 것이 터무니없이 크기도 하지. 그녀는 그 몸짓으로 용서를 구하고 싶었을 것이다. 그가 자기를 원망하리라는 것을 알고 있었으니까. 하지만 또다시 매매 계약을 말아먹는 일은 스스로 용납할 수 없고(에바는 속내를 다 보여준다니까, 라고 사장은 늘 하늘을 올려다보며 말했다) 그녀는 중개 수수료를 벌어야만 한다. 하지만 이 청년은 무척 호감이 간다. 어쩌면 호감 그 이상일지도. 하지만 냉정해져야 한다. 이 사람은 아들뻘일지도 모르고(에바는 스스로 엄격해지기 위해 자신을 한층 더 늙은 여자 취급하는 경향이 있다) 그녀는 이 거래를 성사시켜야 한다. 이게 맞다, 모름지기 인간의 가장 중대한 일이란 '자기부터 챙기기'니까. 이 경우에는, 그러니까 에바에게는, 딸을 부양해야 한다는 사정도 있다. 무능의 극치를 달리는 애 아빠는 식비라도 조금 보태줘야 한다는 생각 자체를 해본 적이 없

다. 고로, 한 번 더 생각할 기회를 줬는데도 오귀스트 팔랑캉이 이 물건을 덥석 문다면 그건 다 에바가 애 아빠를 잘못 고른 탓이요, 더 넓게 보자면 그놈이 게으르고 무책임한 탓이다.

에바는 명함을 건네면서 자기는 이쪽으로 가고 그는 반대쪽으로 가니까 이제 각자의 길을 가자고 말한다. 그는 곧 다시 연락하겠다고, 그러면 두 사람의 길이 또 만나지 않겠느냐고 하면서 무슨 기발한 농담이라도 한 것처럼 쿡쿡 웃는다. 에바는 미소를 지어 보이고는 돌아서서 종종걸음으로—그런 유의 구두를 신고는 종종걸음밖에 걸을 수 없으므로—가버린다. 저렇게 높은 굽을 신고 다니고 싶을까, 오귀스트는 의아하게 생각했다. 그런 구두를 신으면 발목이 만화영화에 나오는 밤비 발목처럼 가늘어 보이는 동시에 키는 12센티미터쯤 더 커 보이는데 이건 결코 간과할 만한 효과가 아니다. 다들 알아차렸겠지만 오귀스트가 키 작은 여성의 하이힐 착용에 대하여 순진한 의문을 품었던 이유는 에바 코파가 저만치 걸어가는 내내 그녀의 뒷모습을 지켜보고 있었기 때문이다. 그는 에바가 정말로 마음에 들었고 조만간 부동산에 들러서 그녀를 또 볼 생각에 흡족하기만 하다. 그렇다, 우리의 오귀스트는 아주 기분이 좋다. 오늘 아침의 예감이 맞았다는 생각이 들었다. 어째 하루가 잘 풀릴 것 같더라니. 그는 이 10월의 목요일에 도로 교통이 유난히 혼잡하고 보도에도 사람이 평소보다 많다는 사실을 여전히 인지하지 못한다. 지하철 입구를 막아 놓은 철망을 보지 못한 채, 그는 날개 돋친 듯한 걸음으로 루아 카를 거리로 돌아간다. 이게 문제다. 자기가 사는 세상에 관심이 별로 없으면 이날이 총파업 날이라는 것도 모르고 지하철 두 개 노선의 교차점—정지, 가속, 부릉부릉, 온갖 종류의 진동—바로 위에 있는 건물에 녹음 스튜디오를 떡하니 매입하게 되는 것이다. 오귀스트 바라카는 몰랐다. 새 스튜디오에서, 퇴근 시간이면 어김없이 2분에 한 번꼴로 수백 마리 몰록*이 운전하는 땅속의 기계설비가 휘젓고 가는 기분은 느끼게 될 줄은. 그런 건 꿈에도 몰랐다. 모르는 편이 낫다. 이토록 감미롭고 희망찬 순간을 위해서라면 인생의 몇 시간쯤이야 누군들 바치지 않겠는가? 오귀스트는 생각한다. 운의 방향이 바뀌었어. 그러고는 나지막이(생각을 나지막이 할 수 있다면 말이지만) 덧붙인다. 어쩌면 말이지.

*　 H. G. 웰스의 소설 『타임머신』에 등장하는 종족 중 하나.

오귀스트 바라카가 겪은
낭패들

지금 당장은 에바 코파를 머지않아 다시 만날 생각에 기쁘고 자기에게 딱 맞는 장소를 구해서 기쁘다. 나머지는 별로 중요하지 않다. 몇 년 후에 오귀스트는 생각할 것이다. 그날, 루아 카를 거리 집 욕실에서 평소답지 않은 결심을 하고 평소답지 않은 자신감으로 밀고 나갔던 그날이 자기 인생의 전환점이었다고. 우리는 감질나는 진행을 좋아하지 않는다. 망할 때는 확 주저앉고 잘나갈 때는 확 치고 올라가기를 바란다. 청천벽력, 명확한 출발점, 특별한 만남, 결정적 선회, 좋지 아니한가. 갑작스러운 호전, 뱃머리 돌리기, 좋지 아니한가. 게다가 에바와 오귀스트도 장차 이 일을 그런 식으로 얘기할 것이다. 몇 년 후에, 둘이서 손을 꼭 잡고, 꽃가지 무늬가 있는 거실 소파에 앉아서.

Vous êtes rayonnant de la réussite

"당신은 성공으로 빛나고 있네요"

운전면허 없이 지낸 지 한 달, 그녀는 대중교통을 이용할 수밖에 없다. 그리고 오늘은 버스가 몇 개 노선밖에 운행하지 않는다. 그녀는 총파업 기간에 일하는 운전사들이 어떤 사람들일까 항상 궁금했다. 최소한의 서비스를 제공하기 위해 제비뽑기라도 하는 걸까, 아니면 자발적으로 나온 사람들일까. 소중한 하루치 임금을 놓칠 수 없어서, 혹은 자신은 노조의 요구사항에 동의하지 않는다는 입장을 표명하기 위해서. 희한하게도 에바에게는 그런 태도가 늘 완악한 인간혐오의 표시이자 고집 있는 용기의 한 형태로 다가왔다. 그러고는 그것을 오만이 아니라 용기로 여긴다는 사실에 심란해졌다. 이런 상황에서 용기를 떠올리는 건 우파의 사고방식 아냐? 그날, 버스 앞쪽에 끼어 있던 에바의 시야에 운전사의 주름 잡힌 목덜미가 직통으로 들어왔다. 그래, 이 운전사는 인간혐오자 같아, 목덜미가 왠지 인간혐오자 느낌이야. 그녀는 펌프스를 커다란 핸드백에 쑤셔 넣고 운동화로 갈아신는다. 펌프스는 전투복의 일부지만 그녀도 어디서나 이 구두를 고수할 만큼 바보는 아니다. 밀치고 떠밀리는 와중에 팔을 뻗어 버티려면 이 높은 굽으로는 2초도 못 간다. 딸아이 학교에 전화를 걸어야 한다. 학교에서 그녀에게 메시지를 남겼다. 급한 일 같긴 했지만 실은 그렇게 보이기만 하는 때가 많다. 지난번 전화의 용건은 학교에 학생 전용 계좌번호가 없다는 것이었다. 실은 있었는데 말이지. 어쨌거나 지금은 외투 주머니에서 핸드폰을 꺼낼 수 없는 상황이다. 옆에 서 있는 남자는 쳐다보기만 해도 정전기로 털이 다 곤두설 듯한 플리스를 입었는데 당장이라도 불꽃이 튀길 것 같다. 에바는 할 수 있는 최대한 몸을 돌린다. 아무래도 저자는 오늘 아침에 샤워할 시간이 없었던 모양이다. 승객들이 불평하는 소리가 들린다. 젠장, 안으로 좀 들어가요. 그녀는 그들 모두가(그녀 자신도 포함해) 타인의 삶에서 그리 중요하지 않은 인물이라는 생각을 한다. 엑스트라. 영화가 시작하자마자 살해당하거나 용암에 쓸려가는 단역. 하지만 자기 삶에서는 그들 자신이 중심이다. 자기 자신의 다림줄. 이렇게 제한된 공간에 다림줄들이 결집해 있다는 건 말이 안 된다. 이러다가 폭발해 버릴 수도 있을 텐데. 그녀는 사람들의 머리 위에 떼 지어 떠오른 말풍선을 상상한다. 저마다 이런 대사를 치고 있겠지. 나는 내 인생에서 제일 중요한 사람이야.

안전봉을 잡지 않고 버스가 급정거할 때마다 가까이서 있는 다른 승객에게 기대어 버티는 한 여자는 핸드폰으로 웨딩드레스를 장바구니에 담는다. 에바는 어릴 적 탐독했던 통신판매 카탈로그가 생각났다. 그녀는 옷이 아니라 자기가 되고 싶은 여자를 찜했다. 자리를 너무 많이 차지하는 백팩을 메고 샘소나이트 로고가 들어간 블루종을 입은(여행용 가방 로고가 박힌 블루종을 입고 싶을까?) 소년이 포춘쿠키 껍질을 벗긴다. 소년에게서 아시아식 튀김 냄새가 나는 것이 틀림없이 하굣길에 베트남 만두라도 하나 먹었을 게다. 에바는 포춘쿠키가 흰색 신경이 들어 있는 귀를 튀긴 것과 비슷하다는 생각을 한다. 소년은 귀를 반으로 쪼갰고, 쿠키가 부스러지면서 나온 자그마한 종이를 읽는다. 에바는 종이에 뭐라고 쓰여 있는지 보고 싶지만 그럴 수 없다. 소년은 흡족한 얼굴로 종이를 정성스럽게 접

"당신은
성공으로 빛나고 있네요"

어서 가슴팍 주머니에 넣는다. 에바는 그 주머니 안에서 심장과 함께 펄떡대고 있을, 번역이 어색한, 수십 개의 예언을 상상한다. "당신은 성공으로 빛나고 있네요." "당신의 아이디어는 훌륭하고 그에 대한 보상을 받을 겁니다." 에바는 버스나 지하철을 함께 탄 승객 중에 장차 암으로 죽을 사람의 비율이 만만치 않다는 말을 입에 달고 살던 언니를 떠올렸다(그때만 해도 에바의 언니는, 가능성을 배제했던 건 아니지만, 자신이 그중 하나가 될 줄 몰랐다). 아마도 그중 최소한 한 명은 언젠가 사라질 것이고, 누군가는 수배 전단 속에서 웃고 있지만 눈빛에는 늘 어떤 예감과도 같은 절망이 비치는 얼굴들 중 하나일 것이다. 강간범도 한두 명 있을 수 있지, 라고 언니는 덧붙였다. 또 모르지, 연쇄 살인범이 있을지도. 에바의 언니는 신경증 환자까지는 아니어도 강박적인 사람임에는 틀림없었고, 불쾌하거나 사람을 곤란하게 하는 말도 여과 없이 내뱉었다. 그래서 한 편으로는 존경할 수밖에 없었는데, 그도 그럴 것이 에바는 지나치게 말을 가려 하고 조심스러운 편이어서 언니에게 늘 그 점을 지적당했기 때문이다. 넌 결국 너의 초자아에 짓눌리고 말 거야. 에바는 언니 생각에 조금 슬퍼졌다. 그리고 오늘 아침 지상층의 습기 많은 집을 보고 간 그 청년

(왜 남자가 아니라 청년이지?) 때문에도 슬펐다. 그는 참 순수해 보였다. 에바는 순진하고 아이처럼 해맑게 웃는 사람들이 좋았다. 나이나 관습에 조금도 닳아빠지지 않은 사람들. 찻집에서 커피라도 같이 마시자고 할 수 있었으면 좋았을 것을. 그랬다면 아주 달고 묵직한 맛의 케이크나 블루베리 파이를, 어린 시절과 스키장에서 보낸 방학을 생각나게 하는 디저트를 골랐을 것이다. 그들은 진열창 바로 옆자리에 앉아서 보도를 바삐 걸어가는 사람들을 구경했을 것이다. 그녀는 그 물건이 녹음 스튜디오 자리로 적합하지 않다고, 평소에는 2분에 한 번꼴로 엄청나게 흔들리는 장소라고 말해줄 수도 있었을 것이다. 그런 상황(찻집과 케이크)에서라면, 부동산 중개인이 아니라 유익한 조언을 해주는 여자, 친절한 사람, 어쩌면 친구로서 그에게 말해줄 수 있었을 것이다.

에바 코파는 부동산 중개인이 되고 싶었던 적이 한 번도 없었다. 하지만 이 직업도 기분 전환이 될 수 있다. 에너지 효율 진단이나 배관 문제에 깔려 죽지만 않는다면 충분히 그럴 수 있고말고. 그럴 수만 있다면 이 직업은 타인의 삶을 침범하지 않되 그 안에 들어가는 하나의 방편이 된다. 종이 박스 집이든, 해자에 둘러싸인 성채든, 디오게

네스의 더러운 소굴이든 정통파 금욕주의자의 집이든, 집은 우리에 대해 아주 많은 것을 말해준다. 무엇을 원하시나요, 당신이 아늑한 굴을 찾을 수 있도록 도와드릴게요, 소유권 취득은 물론이고 당신의 무덤을 정비하는 일도(에바는 이따금 생뚱맞은 생각으로 빠지곤 했다) 도와드려요. 에바는 특히 혼자 살 집을 구하러 홀로 집을 보러 오는 여자들을 좋아했다. 그런 여자들은 자기 집이 생기면 모든 것이 변할 거라고, 더 이상 남자들의 땅에 세 들어 살지 않을 거라고 생각한다. 또한 자기 집이 생기면 더 이상 소작인이나 날품팔이 신세가 아니라고 생각하는 사람들이 있다. 창가부터 가보는 사람들은 스스로 깨닫지 못하겠지만 전망을 구매하는 것이다. 호텔을 구할 때도 마찬가지로, 객실의 전망부터 확인하는 사람들이 있다. 에바는 그렇지 않았다. 그녀는 일단 객실의 전반적인 배치를 살펴보고 죽을 때까지 그곳에서 살 수도 있을지 자문하곤 했다. 그녀는 또한 이미 머릿속으로 새 집에서 집들이를 하고 있는 고객들도 알아차렸다. 그들은 지위재의 함정에 빠져 있고, 새 집의 가치는 오로지 친구들은 그런 집을 소유하지 못한다는 사실로만 결정된다. 그들은 과시욕의 희생자다.

어릴 적 에바는 포뮬러 원 경기장에서 깃발을 흔드는

레이싱걸이나 풍선에 바람 넣는 사람이 되고 싶었다. 그 후에는 오랫동안 딱히 되고 싶은 게 없었다. 그녀는 심리학 공부에서 연극 수업까지 기웃거리며 미적대다가 딸아이의 아버지가 될 남자를 만났다. 그는 하루에 담배를 세 갑씩 피우면서 결코 무대에 오르지 않을 희곡을 썼다. 에바는 그를 만나기 전까지 술을 한 방울도 입에 대지 않았지만 그는 술을 함께 즐길 수 있는 커플이 오래간다고 주장했다. 에바는 그 말이 웃겼고, 그는 통계를 들먹였다. 통계적으로 일리가 있는지 확인해 보지는 않았지만 에바는 저녁마다 그와 함께 술을 마시기 시작했고, 그 후에는 점심에도 한 잔씩 했으며, 나중에는 오전에도 마셨다. 그래도 아침 10시 전부터 마시지는 않았다. 그 남자와 헤어지면서 에바는 술을 딱 끊었다. 주기적으로 재발하긴 했다. 하지만 반드시 이전 수준으로 돌아왔다.* 성실하게 묵묵히.** 에바는 이 표현이 자꾸만 생각났다. 착한 꼬마 말처럼 안장에 다시 올라타기. 말 위에 기마 자세로 올라탄 또 다른 말의 이미지가 떠올랐다.

*   se remettre en selle, 직역하면 '안장에 다시 오르다'
**   comme un bon petit cheval, 직역하면 '착한 꼬마 말처럼'

"당신은
성공으로 빛나고 있네요"

　　이제(길이 너무 막혀서 차라리 내려서 버스와 보조를 맞추어 뛰어가는 편이 낫지 않을까 의문이 들었다) 에바는 보도에서 전기 킥보드로 이동하는 사람들을 세어보는 중이다. 그들은 잠수함을 운전하거나 수로의 갑문을 작동하기라도 하는 것처럼 놀랍도록 꼿꼿하게 몸을 세우고 있다. 에바의 눈에 저격수의 집중사격을 피해 가듯이 지그재그로 빠르게 길을 돌파하는 한 남자가 보인다. 대로 모퉁이에서는 어떤 남자가 여자를 밀쳐놓고 뒤도 돌아보지 않고 지나간다. 여자는 (아주 앳되어 보이지는 않았는데 어쩌면 노티 나는 옷차림 때문에 더 그렇게 보이는지도 몰랐다) 비틀거리다가 장바구니를 놓쳤고 오렌지들이 도랑으로 떨어져 도로까지 데굴데굴 굴러갔다. 여자는 오렌지를 주우려고 슈퍼히어로처럼 손을 들어 차들을 멈춰 세운다. 버스가 급정거한다. 물리학 법칙에 따라 버스 전체가 크게 출렁하고, 짜증 섞인 소리가 터져 나온다. 에바는 언제 집에 도착할 수 있을까? 버스 안의 모든 사람이 바로 그 의문을 품고 있다(에바가 아니라, 에바의 삶에서 엑스트라인 그들 자신에 대해).

　　에바는 어릴 적에 태양도 결국 죽는다는 말을 듣고 너무 무서워서 온몸이 얼어붙었다. 좀 더 커서는 자신의 야망을 조금 누그러뜨리게 되었다. 야망을 버린 것만은 아니었다. 이 행성에서의 시간을 상대화하는 하나의 방법이었다고 할까. 겸손으로 도약하기, 그러면 미친 독재자가 될 일은 없다. 게다가 지금 이 순간에 집중할 수 있다. 저녁 식사 시간에, 딸아이 학교에 걸어야 하는 전화에, 습기 심한 지상층 물건 매각에, 슬슬 내리기 시작하는 비와 선선한 기온에. 그녀는 공부를 다시 하고 싶다는 생각이 들었다. 그러면 고대 그리스어를 선택할 테다. 그 선택은 딸아이의 아빠와 관련이 있기 때문에 썩 좋은 생각이라고는 할 수 없지만 말이다. 그는 언어의 재발명 운운하면서 언어의 사원을 수호하는 자들을 조롱했다. 그는 옛 단어에 더 이상 의존하지 않고, 어근 따위는 잊고, 과거를 백지화하고, 그 외 이러저러한 것을 해야 할 필요에 대해 장광설을 늘어놓곤 했다. 그리하여 (자랑스럽게도) 이해할 수도 없고 무대에 올릴 수도 없는 희곡들이 나왔다. 그는 창작 지원금을 간절히 원했지만 결코 따내지 못했고 이런저런 실망에 아주 잘 적응해버렸다. 늘 썩어빠진 시스템, 인맥 장사를 탓하고 자기한테 문제가 있다는 생각은 아예 할 줄 모르는 사람이었다. 에바는 그런 태도에 매혹되었다. 에바가 그런 상황이었다면 어떤 실망도 허투루 버리지 않고 차곡차곡 쌓아 미세한 슬픔, 희미한 모욕감의 밀푀유를 만들었을 것이고, 그 밀푀유의 한 겹 한 겹으로 인해 그녀는 더욱 약해졌을 것이다. 그런데 이 남자는 되레 모욕을 당할 때마다 더 단단해지고 기운이 뻗치는 듯했다. 잇따른 실패가 자신은 범인凡人이 아직 이해할 수 없는 선구자라는 확신을 오히려 굳혀주었던 것이다. 하느님 맙소사. 그렇지만 그녀는 고대 그리스어를 공부하고 싶었다. 겸손하게. 학업을 다시 시작하고 학비를 마련하기 위해 찻집에서 일한다면 좋을 텐데. 블루베리 파이와 김 서린 유리창의 아까 그 찻집으로 돌아온 셈이다. 책, 푹신한 의자, 고양이 한두 마리, 손님은 대부분 여자들이지만 가끔 섬세한 감성의 남자 손님도 있는 찻집에 대한 환상으로. 에바는 이따금 채색 판화 같은 몽상에 자신을 내맡기곤 한다. 그녀는 생각한다. 살면서 잃는 것은 하나뿐인데 그 하나를 끊임없이 잃어가는 거지. 그게 뭐가 됐든. 어떤 느낌일 수도 있고 작은 기쁨이나 희망일 수도 있는 그것을 되찾고는 해. 그것의 메아리라도 되찾았다가 또다시 잃어버리기를 무한 반복하는 거야. 그녀는 가끔 자신이 대기 속에 흩어지는 기분이 들었다. 입자들로 이루어진 구름이 되어 여행자의 머리 위로 흩어진다고 생각하면 이 울적한 하루를 보내고서 얼마나 위안이 되는지. 고대 그리스어와 찻집을 꿈꾸는 입자들의 구름이라니.

　에바의 아버지는 고사리에 인생을 바쳤고 국제적으로 알아주는 고사리 전문가가 되었다. 집 전화가 울려서 에바가 받으면 항상 누군가가 '교수님'과 통화하고 싶다고 했고, 아버지는 공룡이 멸종한 후에도 살아남은, 자기가 애지중지하는 이 노부인들에 대한 강연을 하느라 이 학회 저 학회로 바쁘게 돌아다녔다. 그러나 어느 날 아버지는 고사리에 완전히 흥미를 잃었다. 정말 하루아침에 그렇게 됐다. 어느 아침, 아버지는 가스불 위에 올려놓은 모카 포트에서 휘파람 소리가 나기를 기다리고 있었다. 그는 주방에서 고즈넉하게 창밖을 내다보며 이제 자기 말고는 아무도 듣지 않을 국영 라디오의 교양 방송을 한 귀로 흘려듣는 중이었다. 아래를 내려다보니 제법 많은 사람들이 보도에서 추위에 발을 동동 구르며 쇼핑센터 개점을 기다리고 있었다. 에너지 음료와 유명 브랜드 운동화가 대박 세일을 하는 날이었다. 고사리 일편단심은 그걸로 끝났다. 아버지는 대학교수 자리도 그만두고 시골로 내려갔다. 연못가의 허름한 집에 살면서 메기 낚시로 소일했고 아무하고도 얘기하지 않았다. 고사리는 존재하고 그게 전부야, 아버지는 고사리 연구를 그만둔 이유를 물어보는 이들에게 그렇게

만 말했다.

에바는 몸을 비틀어 틈새를 비집고 들어가며 출구 쪽으로 이동했다. 사람 몸은 압축하려면 얼마든지 압축할 수 있다. 내려요, 여기 내려요. 에바는 몸을 던져 보도에 착지한다. 공기는 이산화탄소로 가득했지만 숨을 크게 들이마시니 기분이 좋다. 이 일을 그만둬야겠다는 생각이 든다. 물론 이 일도 진심으로 하고 있긴 했다. 에바는 자기가 하는 모든 일에 지나치게 진심이다. 그게 진짜 문제다. 적당히 하고 넘어갈 줄도 알아야 하니까. 에바는 정이 많다. 그녀는 자기 마음 가는 사람들에게 적당한 매물을 찾았다 싶으면 바로 전화를 했다. 어떤 사람들은 그저 심심해서 집을 보러 다니는 게 분명했다. 그들은 어떤 물건을 봐도 만족하지 못할 것이고, 아파트를 보러 다니는 것도 기분 전환에 불과하다. 게다가 이런 사람들은 요구 조건이 모호하거나 일관성이 없고, 무엇보다 애초에 지불 능력이 없다. 사장은 에바에게 그러지 말라고, 그래봤자 소득이 없다고, 그녀가 체결한 매매 계약이 얼마 안 되는 것만 봐도 알 수 있지 않느냐고 했다. 가끔, 오늘 아침처럼, 기를 쓸 때도 있지만 에바는 스스로 정직하기를 원했다. 사장은 허구한 날 이렇게 말했다. 속을 다 보여주면 안 돼요. 손님들이 알아서 흥분하게 냅둬요. 동네 자랑이나 좀 하고, 미끼를 던지고, 거짓말도 슬쩍 섞고. 그게 손님이 원하는 거예요. 그 사람들의 꿈이라고요. 그녀도 딸을 생각해야 한다는 것은 안다. 하늘이 도왔는지 그 애는 학교에 다니면서 대형 레스토랑에서 실습을 병행하게 됐다. 얼마나 큰 **행운인지**. 셰프 제라르 로캉쿠르는 에바의 어릴 적 친구의 남편이었다. 이 행운이 자신의 인맥에서 비롯됐다는 사실이 에바는 더할 나위 없이 만족스러웠다. 이 부탁을 하려고 친구에게 전화를 했을 때, 늘 자기네끼리만 돈독한 부자와 힘 있는 사람 들의 세계에 잠시나마 발을 들인 기분이 들기도 했다. 딸은 좋아서 어쩔 줄 몰라 했고 모녀의 동거는 한동안 평화로운 국면에 들어갔다. 에바는 늘 되뇌었다. 애가 개인적인 감정으로 이러는 건 아니야. 딸이 무슨 상전처럼 고깝게 말할 때마다 그렇게 생각해야만 했다. 애가 나에 대한 불만으로 이러는 게 아니야, 애는 내가 아니라 엄마라는 역할에게 말하고 있는 거야. 그녀가 이 다짐을 어찌나 염불 외우듯 했는지 이제는 닳고 닳아 효과도 없는 것 같았다. 그렇지만 에바의 친구들은 애들이 그러는 건 다 한때라고, 나중에는 다시 좋아진다고 했다. 하지만 에바는 밤마다 엄마 침대에 와서 손을 꼭 잡고 자던 귀여운 꼬맹이와 마치 자기가 사춘기를 발명하기라도 한 것처럼 말하는 이 과묵하고 비밀스러운 소녀를 비교하지 않을 수 없었다. 에바는 내 아이도 언젠가는 생판 모르는 남처럼 된다는 것을 알고 있었다. 그렇지만 아는 것과 경험하는 것은 완전히 다른 얘기다.

애는 공부 쪽으로는 안 될 거예요, 라고 유치원 첫해에 담임 교사가 말했을 때 에바는 충격을 받았다. 그래도 똑똑한 딸내미로 키워보겠다고 그 애의 유년기 내내 얼마나 애를 썼던가. 에바는 그러한 저주를 이미 정해진 사실로 받아들이고 싶지 않았다. 하지만 딸은 느린 아이였고 집중력을 오래 유지하지 못했으며 화가 많으면서도 매사에 심드렁했다. 애 아빠는 일찌감치 딸에게 관심을 끊었다. 에바는 생각했다. 하지만 자기가 실망스러운 아이라는 걸 아는데 어떻게 사춘기를 버텨낼 수 있겠어? 애 아빠는 딸에 대해서 이렇게 말했다. 걔가 첫 번째 열차를 타진 못할 거야. 심지어 이런 말도 했다. 우리 딸이 크리스마스트리에서 가장 반짝이는 꼬마전구는 아니지. 에바가 얼마나 애쓰고 또 애를 썼는지, 할렐루야, 뭔가 변화가 일어났다. 딸이 요리를 하기 시작한 것이다. 에바가 퇴근해서 집에 돌아오면 딸이 저녁을 차리고 있었다. 딸은 모색하고, 실험하고, 실수하고, 다시 하고, 자신이 원하는 바를 얻을 때까지 반복에 반복을 거듭했다. 에바는 주방에 비치는 한 줄기 광명이 딸을 에워싸는 것 같은 기분이 들었다. 그래서 전남편에게 전화를 걸어 이제 됐다고, 딸이 드디어 자기 적성을 찾았다고 말하지 않을 수 없었다. 그는 이 소식을 놀라는 기색도 없이 세상 퉁명스럽게 들었고 거의 대꾸도 하지 않았다. 원래 통화를 좋아하지 않고 실컷 떠든 사람만 바보 만드는 남자인 걸 몰랐나. 에바는 애 아빠가 원망스러웠고 전화를 걸고 싶은 충동을 참지 못한 자기 자신이 원망스러웠다. 언제부터 이 남자의 동의가 중요했다고 내가 그랬을까.

점심시간에 에바는 딸에게 줄 선물을 사러 간다. 왠지 모르게 딸을 기쁘게 해주고 싶었다. 오전에 딸에게 전화를 걸었지만 음성 사서함으로 연결됐다. 에바는 딸의 녹음된 목소리를 들으면서 애정이 벅차올랐다. 그 애는 굳이 음성을 다시 녹음하지 않았기 때문에 지금과는 영 딴판인 앳된 목소리, 이제는 영원히 사라진 어릴 적 목소리를 들을 수 있었다. 에바는 영원히 되찾을 수 없을 그 목소리만 한 시간 내내 들어도 좋을 것 같았다. 에바는 부동산 사무소에서 지척인 도라 할머니 가게로 들어간다. 동네 사람들에게 두꺼비 도라로 통하는 가게 주인은 몸집이 크고 보석을 주렁주렁 달았으며 소련 잠수함처럼 화장한다(블러셔는 위치가 이상했고 립스틱은 입술 선에서 한참 벗어난 데까지 칠해져 있다). 다들 두꺼비 도라가 카운터 뒤 안락의자에 앉아 있는 모습 말고는 본 적이 없다고 생각한다. 그녀가 한때 초현실주의자들의 뮤즈였다든가, 부에노스아이레스에서 곡예사였다는 소문이 있었다. 사람들이야 아무 말이나 떠들었지만 도라 할머니가 빼어나면서도 이제는 쇠락한, 그야말로 완벽한 소설 속 인물 같은 분위기를 풍겼던 것은 사실이다(그녀의 발음에는 러시아 억양이 섞여 있었지만 자기네 집 수위하고 얘기할 때는 그런 억양이 전혀 없다는 소문도 있었다). 그녀 옆에는 젤리인지 젤다인지 하여간 그 비슷한 이름의 손녀가 붙어 있을 때가 많았는데 이 손녀는 지하 창고에서 뭔가를 찾아오라는 할머니의 심부름을 도맡아 했다. 도라 할머니가 카운터 옆 바닥에 달린 문을 열고 지하로 내려가는 모습은 상상조차 할 수 없다. 그 일을 성실하고 엄숙하게 해내는 손녀는 목에 수십 개의 사슬을 치렁치렁 걸고 머리에는 왕관을 쓰고 있었다. 심각한 표정이— 그 아이는 절대로 웃지 않았다—그 엉뚱한 차림새에 기묘한 느낌을 더해주었다. 에바는 그래도 수요일 오후마다 낡은 장신구와 변장 용품으로 가득 찬 동굴에서 가게 놀이를

하는 어린 시절은 참 근사하지 않은가 생각했다. 에바는
딸에게 줄 장신구를 산다. 말 모양 은제 펜던트가 달린 목
걸이다. 딸은 딱히 말을 좋아하지 않았지만 에바는 그 펜
던트가 왠지 마음에 든다. 정밀하게 세공된 말은 뒷발로
선 역동적인 자세가 아니라 차분하고 안정적인 자세를 하
고 있다. 휴식 중인 말의 신체 비례를 연구하기 위한 작은
습작 같기도 하다. 이건 보기 드물게 예쁜 물건이지만 자
기가 산다면 반값에 줘야지, 하고 도라 할머니가 말한다.
어쨌든 가격은 늘 적혀 있지 않았고 할머니가 부르는 게
값이었다.

에바는 집까지 계단을 올라간다. 문이 열쇠로 잠겨 있
지 않은 걸 보니 딸은 집에 와 있다. 엄마 왔다, 에바가 노
란색 외투를 옷걸이에 걸면서 큰 소리로 외친다. 평소 그
녀를 맞이하던, 갈색이 날 때까지 볶은 양파 냄새가 나지
않는다. 딸은 거실 소파에 앉아 텔레비전을 무음으로 보고
있다. 아니, 적어도 텔레비전이 켜져 있긴 했고 딸은 핸드
폰에 문자를 입력하고 있다.

나 잘렸어. 딸이 엄마를 쳐다보며 말했다.

그러고는 다시 핸드폰으로 시선을 떨어뜨리면서 이
말을 덧붙였다. 그 사람들이 엄마한테 전화한대.

에바의 딸 이름은 마르그리트였지만 그 애는 그 이름이 싫다면서 자기를 보브라고 불러달라고 했다. 에바는 이 개명을 도저히 받아들일 수 없었다. 자신이 보수적인 사람이라고 생각하진 않았지만 딸이 남자 이름을 쓰는 건 괴상망측해 보였다. 에바의 친구 하나는 원래 아가트라는 이름의 딸이 있었다. 지금 아가트는 샘이라는 이름의 아들이 되었다. 하지만 에바가 조심스레 마르그리트를 떠보았을 때, 그 애는 어깨를 으쓱했다. 딸에게 보브는 명백한 남자 이름이 아니라 그냥 짧고 부르기 쉬운 이름이었다. 게다가 모두가 그렇게 불러줬다. 애 아빠까지도 그 애를 보브라고 불렀다. 하지만 그건 아이의 뜻을 지지해서라기보다는 그냥 관심이 없어서였을 것이다.

에바는 가방 속의 작은 은빛 말을 생각한다. 이제 그 말을 딸에게 줄 수 없다. 분위기에 안 맞는, 뜬금없는 선물이 될 테니까. 작은 말은 당분간 어두컴컴한 가방 속에 처박혀 있어야 할 것이다. 어쩌면 에바는 그 말을 잊을지도 모른다. 가방 밑바닥, 푹신한 먼지 뭉치와 나뒹구는 동전 몇 개가 작은 말의 새로운 세상이 될 것이다. 에바가 그 녀석을 도라 할머니네에서 데려오지 않는 편이 좋았을지도 모른다.

그녀는 무슨 일이 있었는지 묻는다. 아무렇지 않은 목소리를 내려고, 그렇지만 너무 매몰차게 말하지는 않으려고 노력한다.

싸웠어. 딸이 말했다.

에바는 가족 모임에서 지나치게 푸짐한 점심을 먹었을 때처럼 묘하게 속이 거북하다. 바로 드러누워 이불을 뒤집어쓰고 싶다, 지금 당장.

마르그리트는 주방에서 같이 일하는 얼간이 하나가 얼마 전부터 자기를 열받게 했다고 설명한다. 그 인간은 시도 때도 없이 불쾌한 지적질을 해댔다(딸은 '불쾌한'이라고 하지 않고 '지랄 맞은'이라고 했지만). 딸이 무거운 물건을 들고 있을 때 그 인간이 진로를 방해하고 서 있었고 비켜달라고 해도 못 들은 척했다. 그래서 한 아름 안고 있던 것을 내려놓고 대차게 따귀를 날려줬다. 그렇게 된 일이었다.

에바는 자리를 옮겨 마르그리트의 실습 교육 책임자에게 전화를 건다. 책임자는 보브를(맙소사, 이 사람까지 보브라고 부르다니) 복귀시킬 수 없다고 말한다. 분노 조절이 안 되는 사람을 칼이 널려 있는 위험한 공간에 들여놓으면 안 된다나. 그건 충분히 타당한 사유이기 때문에 에바는 무슨 반박이든 하고 싶지만 그러지 못한다.

그녀는 전화를 끊고 거실로 돌아가기 전에 주방에 들러 냉장고에서 맥주 한 캔을 꺼낸다. 캔을 따고 소파에 딸과 나란히 앉는다. 에바가 책망하는 말 한마디 없이 미래에 대한 불안을 그저 맥주캔 바닥에 가라앉히자 딸이 엄마에게 고개를 돌리고는 묻는다.

괜찮아?

아니, 괜찮지는 않아, 에바가 대답한다.

알코올에는 머릿속의 메아리를 침묵시키는 이로운 효과가 있다. 세계들의 경계가 푹신해진다.

유감스럽게 됐네요. 마르그리트가 말한다.

엄마도 유감스러워.

에바는 눈을 감았다. 눈을 다시 떴을 때 자신을 바라보는 딸의 얼굴을 보았다. 크고 순진무구한 눈(헤드라이트 불빛을 받은 캥거루 같아, 하고 애 아빠는 말하곤 했다)과 긴 머리. 머리 색은 아직 연했지만 더 진해질 것이고, 이미 어릴 적 같은 금발은 아니었다. 그런 변화는 서서히 온다. 눈치채지 못하다가 갑자기 누군가 옛날 사진을 보고 말해주면—어머, 너 어릴 때는 금발이었어?—그제야 더 이상 꿀을 머금은 꽃이 아니라는 것을 깨닫는다. 딸의 피부는 풋

풋하고 보들보들해 보였지만 에바는 이제 아기 볼 주무르 듯 그 뺨을 만질 수 없다. 그녀는 팔을 뻗어 오래된 벨벳 소파 위에 손바닥을 펼쳤다. 딸이 거기에 제 손을 올려놓고 꼭 잡는다. 내가 알아서 할게, 그 사람들이 다시 받아줄 테니까 걱정하지 마. 안 받아주면 다른 데 가지 뭐, 걱정하지 마요. 딸이 말한다.

그리고 에바는 딸을 믿는다. 그렇다, 모녀는 알아서 잘 해낼 것이다. 맥주는 문제에 대한 일말의 의심을 걷어 내고 불안을 쓸어갔다. 에바가 엉망진창 불안 덩어리이기는 해도 말이다. 그녀의 어린애 같고, 말로 표현할 수 없고, 우스꽝스럽고, 게걸스러운 불안들은 마법에 비는 소원, 작고 부끄러운 공포와 얽혀 똘똘 뭉쳐 있었다. 우리의 에바는 밤에 보일러 돌아가는 소리가 싫었다. 그 소리가 이렇게 말하는 것 같았기 때문이다. 너 이번 겨울에 난방비는 감당할 수 있겠니? 자신의 몸이 사무용 건물처럼—개성 없고, 청소가 용이하며, 실용적인—되어버릴까 봐 두려운 에바, 세상의 종말을 자주 생각하고 부디 세상이 망하기 전에 자기가 먼저 죽기를 바라는 에바(딸에 대해서는 이렇게 기도하지 않는다. 행여 낫을 든 죽음의 여신이 마르그리트를 너무 일찍 데려가기라도 할까 봐. 자, 이제 네 딸은 죽었으니

세상을 멸망시켜도 되겠지, 하면 어쩌라고), 늙는 것을 두려워하면서도 빨리 쉰 살이 되고 싶다고 친구들에게 말하는 에바(그녀의 주장은 이랬다. 그 나이가 되면 사회는 더 이상 우리를 특정 역할로 보지 않을 것이고 우리는 우리에게 잘 맞는 역할을 채택할 거야. 부부 생활도 내려놓고 가정을 꾸리고 싶다는 욕구도 사라질 거야), 애 아빠와 함께 살던 때에는 매일 아침 눈을 뜨면서 '살아야만 하는 날이 하루 줄었다'라고 생각하는 지경까지 갔던 에바, 인지능력의 퇴화가 두려워서 밤마다 세계의 수도 이름, 일곱 난쟁이들의 이름, 혁명력*의 달 이름을 달달 외우는 에바, 문만 닫아두어도 화재가 발생한 방의 바로 옆 방 온도를 10분의 1로 낮출 수 있다는 기사를 어디서 본 후로 언제나 닫힘 상태를 유지할 수 있도록 모든 문에 고정쇠를 단 에바, 아침마다 아, 수돗물이 나오는구나, 하고 황홀해하며 주전자에 물을 채우지만 바로 다음 순간 '수돗물을 마실 수 있는 건 과연 언제까지일까?'라고 생각하는 에바, 언젠가 거리에 나앉게 될 때 가지고 있으면 좋겠다 싶어서 옷장 안에 아주 따뜻한 외투를(북극에 입고

---

* 프랑스 대혁명을 계기로 도입되어 약 12년 동안 사용되었던 달력. '서리의 달', '눈의 달' 등 기상 현상 중심의 달 이름을 채택했다.

가도 될 정도라서 평소엔 입을 일 없는) 마련해 놓은 에바. 불안들이 서로 치고받는 에바의 작은 머릿속에서 무슨 일이 일어나는지를 그녀는 전혀 내색하지 않았기에 아무도 짐작할 수 없었을 것이다. 그녀는 노란 외투 차림으로 생글생글 웃었고 다들 그녀가 생기발랄하다고 했다. 에바도 자신이 모래 더미만큼은 생기발랄한 것 같다고 생각했지만.

하지만 딸이 자기 손을 꼭 잡은 오늘 저녁, (맥주의 효과도 한몫하여) 에바는 아무것도 두렵지 않다. 그녀는 이런 유의 말은 황홀하리만치 꼭 그대로 되곤 한다는 것을 알기에 딸에게 몸을 숙이고 속삭인다. 우린 잘 해낼 거야, 우리는 항상 잘 해내잖아. 이 말은 전적인 진실이 아닐지라도 입 밖으로 내면 신기할 정도로 마음이 편해진다. 이 저녁은 습하고, 조금 슬픈 동시에 즐거운 시간이 될 것이다. 만감이 드는 저녁, 바로 두 사람 모두에게 꼭 필요한 시간이다. 그들은 가사가 노골적인 옛날 노래를 틀어놓고 오래전 그랬던 것처럼 큰 소리로 따라 부를 것이다. 옆집에서 시끄럽다고 벽을 쿵쿵 치면 모녀는 쿡쿡거리며 더욱더 목청을 높였다가, 어쨌든 그쯤에서 그만둘 것이다. 에바는 그 10월의 목요일에 어둠으로 난 창을 열었다. 도시의 불빛이 구름의 배를 밝히고 하늘은 음울한 주황색이지만 그런 건 중요하지 않다. 마르그리트이든 보브이든, 내 딸이 좋다는데 무슨 상관인가, 이 아이가 자기 이름을 제롬이라고 하든지 구드런이라고 하든지 뭐 어때, 세상에는 아이가 태어나고 당분간 이름 없이 지내는 나라도 있다는데 사람이 자기 이름 정도는 선택할 수 있어야 하지 않나. 에바는 그런 생각을 했고, 그날 저녁 그 생각은 참으로 타당하게 느껴진다. 그리하여 마르그리트-보브는 요리를 하기 시작하고 순무 절임을 곁들인 파스타를 만든다. 신기하기도 해라, 에바는 자기가 순무를 좋아하게 될 거라고는 결코 생각지 못했다. 그리고 그녀는 자기 딸이 재능을 발휘할 수 있는 곳이 하늘의 별만큼 많다는 것을 안다. 보브는 열다섯 살이고, 즐겁게 사는 일은 그렇게까지 어렵지 않다.

Le chemin jusqu'à soi

자기에게로 가는 길

처음부터 그녀의 모든 곤란은 모순적인 지시에서 비롯됐
다. 남자들이 힘을 쥐고 있으니 남자를 닮아라, 그러면서
도 선택을 받고 싶다면 섬세하기 이를 데 없는 천생 여자
가 되어라. 이 방정식의 마지막 항, 즉 섬세함은 아주 어릴
적에 들었던 완두콩과 공주 이야기로 확인할 수 있었다.
그때부터 이 동화는 그녀를 불안하게 했다. 완벽한 공주에
게 요구되는 단 하나의 자질이, 요를 100장이나 깔아도 그
아래 놓인 완두콩 한 알이 등에 배겨 잠을 못 잘 정도의 섬
세함이라니. 그녀는 그 동화책의 삽화를, 켜켜이 쌓여 있
던 알록달록한 요들과(세어봤는데 100장이 아니어서 실망했
던 기억도 남아 있다) 그 위에 누워 있던 긴 너울을 쓴 공주

를 기억했다. 공주는 그 괴괴한 장치에도 놀라지 않을 만
큼 순종적이고(순종적이거나) 무감각했다. 다음 날 아침,
잠을 못 자서 피곤에 찌든 얼굴은 공주라는 고귀한 신분
의 피할 수 없는 징표였다. 왕자는 기뻐 날뛰며(아주 오래
전부터 완벽한 공주를 찾고 있었으니까) 곧바로 그녀에게 청
혼을 했고, 짠, 그들은 흡족하게 결혼 행진을 했다. 그렇다.
실제로 이 이야기에는 당혹스러운 점이 없지 않다. 어쨌거
나 그녀는 자신이 결코 테스트를 통과하지 못하리라는 것
을 알고 있었다. 시험도 해봤다. 냉동 완두콩 한 알을 스웨
덴산 매트리스 아래 넣어봤는데 그날 밤 그녀는 쿨쿨 잠만
잘 잤다. 그 실패에 그녀는 정말로 상심했는데, 그게 다섯
살 때의 일이다. 그래서 방침을 바꾸었다. 아버지를 관찰
하고 아버지가 어디를 가든 졸졸 따라다니면서 흉내를 내
기 시작했다. 차를 타도 아버지 바로 뒷자리에는 절대 앉
지 않았다. 아버지의 옆모습이 보이는 자리에서 꿈틀거리
는 눈썹, 움찔거리는 턱, 코를 훌쩍이는 버릇, 담배를 피우
는 자세를 실컷 관찰해야 했으니까. 하지만 아버지는 이따
금 (지식인처럼 보이려는) 겉멋이 심했기에 그녀는 다른 남
자들도 모델로 삼았다. 엄마의 친척인 경찰 아저씨는 늘
주머니에 동전을 짤랑거리면서 다녔다. 엄마의 오빠, 그러

니까 외삼촌은 남작이라는 노인의 전속 운전사였고 언제나 반박을 단칼에 끊어내려는 것처럼 말투에 날이 서 있었다. 아침마다 길을 막고 트럭에서 짐을 내리는 식료품 가게 직원은 늘 담배를 입가에 삐딱하게 물고 연기 때문에 한쪽 눈을 감았다. 여름밤, 술집도 문을 닫은 늦은 시각에 젊은 사내들이 집으로 돌아오는 소리는 멀리서부터 그녀의 방 창문으로 들어왔다. 한껏 들뜬 목소리가 거리에 울려 퍼지면 그녀는 침대를 박차고 나와 창가에 진을 치고 밤의 청년들을 구경했다. 한번은 아버지가 한밤중에 창가에 무릎을 꿇고 눈에 불을 켜고 있는 그녀를 발견했다. 너 뭐 하니? 아버지는 문틀에 서서 물었다. 아무것도 아니야, 라고 대답할 뻔했다. 하지만 그녀는 이 대답을 채택했다. 달 구경하는 거야. 얼른 침대로 돌아가, 아버지는 그 말만 하고 문을 닫았다. 아버지가 이미 마음이 떠나 있다는 것은 빤히 보였다.

그렇지만 얼마나 감미로운 시절이었나. 동네의 작은 공원에서 조약돌 파이를 만들고, 무릎에 올려놓은 도시락을 까먹고, 자기는 늙지 않을 거라는 확신에 차 있던 그 시절. 어렴풋하니, 죽음이 자기 일이 될 수도 있다는 자각은 있었다. 하지만 엄마가 읽어준 이야기책들은 늘 끝이 좋았고 산더미같이 주입당한 만화영화들도 결국 그녀만은 예외일 거라는 희망을 불어넣었다. 늙는다는 것은 아예 남의 얘기였으므로 안중에 없었다.

그녀는 남자처럼 되겠다는 목표하에 다리를 쩍 벌리고 앉기 시작했고, 걸음걸이를 고쳤으며(어깨를 건들거리면서 걸었기 때문에 늙은 개코원숭이처럼 보였고 형편없는 배우가 당당한 척 연기하는 것 같기도 했다), 늘 나지막이 말하다 보니(어린 여자애가 저음을 흉내 낼 수는 없었으므로 작게 말하는 것이 최선이었다) 그 중얼거림을 어른들은 누구 하나 알아듣지 못했고 그녀는 소심한 아이, 혹은 특기할 점 없는 아이로 치부되었다.

그녀가 보기에는 모든 것이 젠더로 규정되어 있었다. 남자의 색이 있고 여자의 색이 있었다. 여자가 먹는 것(토마토와 참치 통조림)이 있고 남자가 먹는 것(스테이크와 키위)이 있었다. 여자의 여행지(노르망디와 키브롱 반도*)가 있고 남자의 여행지(비외부코, 알프뒤에즈**)가 있었다. 여

* 브르타뉴에 위치하며 해안 풍경이 특히 아름다운 관광 명소.
** 모래 언덕과 바닷물이 유입되는 호수가 있는 관광 명소와 알프스 산맥에 있는 동계 스포츠 명소.

자의 가구(바에 놓는 키 큰 스툴, 화장대로 쓸 수 있는 세 칸짜리 서랍장)가 있고 남자의 가구(발을 편하게 올려놓을 수 있는 낮은 스툴, 소파)가 있었다. 자동차, 비누, 책(그녀의 아버지는 여성 작가의 책을 절대로 읽지 않았다. 그게 대단히 권위 있는 원칙이라도 된다는 듯이 말이다), 그 외 나머지, 우리가 아는 다른 것들도 마찬가지였다.

열한 살 즈음 그녀는 자기 이름을 보브로 정했다. 그때가 아버지가 집을 나간 시기와 얼추 맞아떨어진다. 엄마와 단둘이 살게 된 것이 그리 슬프지는 않았다. 내 생각에, 엄마는 오히려 마음이 놓였을 것이고 딸도 그런 낌새를 모르지 않았다.

아버지가 집을 나가기 전까지는 가족 전체가 철저하게 아버지 위주로 돌아갔다. 엄마는 아버지의 활동(희곡을 집필하거나, 잘 알려지지 않은 잡지를 위해 잘 알려지지 않은 글쓰기를 하는 일)에 요구되는 정숙하고 평온한 분위기를 관리할 책임이 있었다. 집이 넓지 않았기 때문에 아버지는 거실 한쪽 벽에 붙여놓은 책상에서 글을 썼다. 딸은 아버지를 방해하지 않으려고 까치발로 살금살금 걸어 다녔지만 그는 뒤돌아보지 않고도 귀신같이 눈치채고 기어이 한마디를 했다. 다 들린다. 아버지는 결국 집 아래 카페 겸 식당에 커피를 마시러 내려갔고, 돌아와서는 책상에 앉아 식당에서 떠오른 천재적인 아이디어를 기록해 놓은 종이 식탁 매트를 펼쳐보곤 했다.

엄마로 말하자면, 모든 말을 심하게 돌려서 하는 사람이었다. 가령, 저녁에 먹을 빵이 다 떨어졌다는 것을 확인하고 자신이 빵집에 다녀오지 못한 것을 변명할 때 엄마는 이렇게 말했다. 당신이 사 오지 않을 거라는 생각을 미처 못 했어. 당신이 사 올 줄 알았지, 라고 하면 훨씬 더 간단하련만. 엄마의 이 딱한 성향도 남자로 사는 게 더 편하다는 어린 딸의 확신을 굳혀주었다. 딸은 특수성과 일반성을 혼동하고 있었고, 사실 그건 당연한 결과였다. 그녀의 우주는 단지 두 개의 위성으로 이루어져 있었고, 그 두 위성은 다소간 우아하게 서로를 회피하면서 그녀의 주위를 돌고 있었으니까. 그렇지만 그녀는 결코 까다로운 아이가 아니었다. 어린애들에게서 흔히 보이는 소황제 같은 면은 전혀 없었다. 아마 그녀는 그 우주가 자기보다 아버지를 중심으로 돌아간다는 것을 아주 어릴 적부터 알아차렸을 것이다.

아버지가 떠나자 모녀는 긴장을 내려놓을 수 있었다. 비로소 두 다리를 뻗고 잘 수 있었다.

이제 금요일 저녁이면 둘은 거실 텔레비전 앞에 앉아 토스터에 구운 샌드위치(토마토 초리소 치즈—독신 남성이 먹는 음식)를 먹으면서 미디어테크에서 빌려온 영화, 주로 서부 영화 아니면 뮤지컬 코미디를 보았다. 엄마는 영화가 끝나기 전에 잠들곤 했다. 다른 날에는 함께 저녁을 먹으면서 노랫말이 우울하기 그지없는(엄마는 현실적이라고 했지만) 옛날 노래들을 목이 터져라 불렀다. 보브는 영원히 이렇게 살 수도 있겠다고 생각했다. 모든 것이 완벽히 변함없을 성싶었다.

그러나 그녀한테는 세상이 너무 빠르게 돌아갔다. 그래서 슬펐고, 나중에는 분노했다. 선생님이 하는 말을 늘 잘 알아듣지는 못했고—청력에 약간 문제가 있다는 사실을 너무 늦게 알게 됐다—그들의 지적이나 무관심으로부터 스스로를 보호하기 위해, 울분으로 불끈 쥔 주먹처럼 단단한 껍질 속으로 들어갔다. 그녀가 참아줄 수 있는 유일한 인물은 수업 시간에 늘 새만 그리고 있는 얌전한 여드름투성이 소년이었다. 소년은 늘 공책 상단 중앙에 정성스럽게 제목을 썼다. 마치 이번만은 수업에 끝까지 집중할 수 있기를 염원하듯이. 그러고 나서 수업의 도입부를 필기하기 시작했지만 첫 줄도 다 채우지 못하고 낙서를 끄적대는 경우가 태반이었고, 낙서는 검은 새들의 형체를 가지고 공책을 침입했다. 까치, 티티새, 투칸, 벌새, 혹은 어디에도 없을 것 같은 별의별 새가 다 있었다. 소년은 박제사로 일하는 아버지의 공방에서 그 미물들을 얼마든지 관찰할 수 있었다. 보브와 그 소년은 수업이란 수업은 죄다 둘이 나란히 앉아 들었고, 그 일로 교실 뒤쪽의 머저리들이 입방아를 찧긴 했지만 그녀가 가방에서 너클을 꺼내자 성가신 말들은 쏙 들어갔다(그녀는 자전거 보관소에 숨겨져 있는 너클을 발견했다. 아마도 같은 건물에 사는 아이가 부모에게 들키지 않으려고 거기에 숨겨두었을 것이다. 그녀는 안전상의 이유로 그 물건을 챙겼다. 불상사는 눈 깜짝할 사이에도 일어나지 않는가. 어쨌든 건물 입구 코르크 게시판에 "5층 아이 클레망이 너클을 분실했습니다" 유의 메모가 나붙을 일은 결코 없을 터였다). 그 후로 그녀가 학교에 도착하면 모두가 그녀 앞에서 물러났다. 모세 앞에서 홍해 바닷물이 쩍 갈라졌던 것처럼.

그렇지만 그녀도 여느 사춘기 청소년과 다르지 않았던 게 아닐까. 불법적인 일을 가까이할 때마다 그녀는 자기에게 정말로 해가 되지는 않으면서 세상의 이치를 '스텝 바이 스텝'으로 가르쳐주는 일종의 실존적 경험을 한다고 생각했다. 그런 의미에서 너클도, 선생님이나 다른 학생들을 향한 공격성도, 아버지의 술 진열장에서 슬쩍한 보드카를 물병에 담아 생물 시간에 아무렇지 않은 척 들이켰던 일(사실 그녀는 보드카를 질색했다. 탄화수소 맛이 나고 플라스틱, 새 차의 실내, 툰드라 지대, 방사능의 냄새가 났으므로)도 결국은 음울한 암중모색이었을 뿐이다.

처음에는 보브도 궁금했다. 내가 언제부터 슬퍼졌더라?

하지만 그런 건 아무 의미도 없었다. 그녀는 매사에 발단을 찾고 싶어 하고 점진적인 변화를 믿지 않는 사람이었다. 게다가 자기 삶의 의미를 발견한 순간도 콕 집어 말할 수 있는 특정일, 오후 수업을 땡땡이친 그 화요일 오후가 아니었던가. 점심시간 뒤에 그녀는 파블로(새를 그리는 여드름투성이 소년)를 데리고 집으로 갔다. 그녀는 침대에 드러눕고 파블로는 못생긴 빈백에 처박힌 채로 함께 음악을 들었다. 그 빈백은 그녀가 애걸복걸하고 오만 가지 약속을 해가며 열한 살 생일 선물로 쟁취한 물건이었으나 지금은 거기에 엉덩이 한 번 들이미는 법이 없었다. 그녀가 번득이는 계시를 받은 그때, 두 친구는 할인을 많이 하는 마트의 어정쩡한 자체 브랜드에서 나온 짭짤한 과자를 먹어 치우고 있었고 사방에 떨어진 부스러기에 개미가 꼬이는 중이었다. 보브의 엄마가 그 꼴을 봤다면, 그러려면 딸의 방에 들어가서는 안 된다는 금기를 깨뜨렸어야 했을 텐데, 기함했을 것이다. 혓바닥이 화학 첨가물의 공격에 대항하듯 부풀어 오르는 느낌이 들었다.

어쩌면 덜 쓰레기 같은 간식을 먹거나 창문을 열기만 했어도 그렇게 슬프고 분노가 치밀지는 않았을지도? 뭔가가 그녀 안에서 부글부글 끓었고('끓다'는 좀 과한 표현이고 가슴팍에 가벼운 전율이 일어난 정도였다) 그녀는 벌떡 일어났다('벌떡'도 좀 과장된 감이 없지 않으나 보브가 일어났다는 것 자체가 특기할 만한 움직임이다. 보브는 누워 있는 거나 서 있는 거나 가로 세로의 차이가 있을 뿐 다르지 않다고 보는 부류 중 하나였으니까). 주방에 가서 냉장고를, 그다음에는 찬장을 활짝 열어젖혔다. 파이 종류의 무언가를 만들고 싶었다. 손가락에 끼고 있던 반지는 전부 뺐다. 그녀는 평소 반지를 열 개쯤, 당연히 바이커 반지였는데, 끼고 다녔다. 접시를 찾으려고 했는데 그릇장 구석에 미니 파이 틀만 한 무더기가 있었다. 그건 별 상관없었다. 어쨌든 밀가루, 버터, 초심자용 조리법만 있으면 오케이다. 밀대가 없으면 매끈한 유리잔으로 밀면 될 테지. 너 뭐 해? (파블로는 문설주에 느긋하게 기대어 있었다.) 오븐을 예열하고 어울릴 것 같은 재료, 수중에 있는 재료를 다 때려 넣어 미니 파이를 만들었다. 썰어서 병입한 이탈리아산 아티초크(남성 명사), 파르메산 치즈(혼성 명사), 크림(여성 명사), 생햄(남성 명사), 잘게 썬 방울토마토(여성 명사) 등등. 맛있는 한입거리에 대한 그녀의 열정은 아마 이 최초의 경험에서 비롯되었을 것이다. 자, 오븐에 구워낼 차례다. 그녀는 아예 오븐 창 앞에 의자를 갖다 놓고 앉았다. 그녀는 한순간도 눈을 떼지 않고 지켜보았다. 파블로는 방구석의 (석유) 정제물로 만들어진 빈백으로 돌아갔다. 디링. 뜨거웠고, 김과 냄새가 올라왔고, 혼성적인 뭔가가 나왔다. 흡사 계시를 받은 듯했다.

그녀는 정확성에 집착하기 시작했고 엄마에게 계량 저울, 탐침 달린 온도계, 타이머를 사달라고 했다. 정확성과 정밀성은 만족감을 주었고 그녀의 욕망에 형태와 윤곽을 부여하는 것 같았다. 그건 마치 선을 벗어나지 않고 안을 채우는 색칠 공부와 비슷했다. 그녀는 '요리사'라는 단어의 여성형이 남성형만큼 대접받지 못한다는 사실에 짜증이 났다. 전자는 둔중한 허리에 앞치마를 두르고 가스 레인지 앞에 서 있는 펑퍼짐한 아줌마—발목은 부어 있고 낯빛은 어김없이 불그레한 중년 여자—아니면 가스

레인지 그 자체를 떠올리게 했다.* 그녀는 여성형으로 쓰면 사물을 지칭하게 되거나 적어도 인간적 성격을 잃어버리는 단어들을 수집하기 시작했다. 감시자veilleur와 스탠드 조명veilleuse, 운전사chauffeur와 낮은 의자chauffeuse, 기사chevalier와 장식이 새겨진 반지chevalière, 미식가gourmet와 시계줄gourmette 등. 단어들을 큰 종이에 써서 자기 방 벽에 붙여놓고 조금씩 이 컬렉션을 채워나갔다.

그녀는 엄마에게 그 동네 일반고에 진학하지 않고 요리사가 되기 위한 현장 실습을 병행하는 직업학교에 등록하겠다고 했다. 그렇다, 그녀는 '요리사'가 되기로 결심했다. 부엌데기 아줌마나 가스레인지가 아니라 여성 요리사가 되겠다고 마음을 먹었고, 그때부터 로즈라는 이름을 썼다(또 이름을 바꾼다는 말을 엄마에게 곧바로 하지는 않았다. 그녀의 자기 이름에 대한 확신 없음에 엄마가 적잖이 동요하는 듯 보였기 때문이다). 엄마는 신이 난 듯했다. 그리고 로즈의 입장에서는(우리 쪽에서도 그녀가 원하는 대로 불러주기로 하자) 엄마를 만족시키는 것이 좋으면서도 불쾌했다. 좀

* cuisinière는 cuisinier(요리사)의 여성형이면서 동시에 가스레인지나 인덕션 같은 요리용 화덕을 가리킨다.

불편한 내면의 분리라고나 할까. 엄마가 좀 더 은근히 기뻐했더라면 좋았을 텐데, 엄마가 친구들에게 그 얘기를 하는 것을 그녀는 듣고 말았다. 엄마는 딸이 산꼭대기에 추락한 비행기, 연기가 치솟는 그 동체에서 살아서 구조되기라도 한 것처럼 침을 튀겼다. 엄마는 심지어 아버지에게까지 그 소식을 전했다. 아버지는 어차피 그런 데 신경 쓸 사람이 아닌데도. 그녀의 아버지는 잘난 자기 똥구멍이나 신경 쓸까, 그 무엇에도 아랑곳하지 않는 인간이었다. 그래서 그녀는 조금 슬펐고, 엄마를 꼭 안아서 진정시키고 안심시키고 싶은 마음과 엄마 입에 재갈을 물리고 확 틀어쥐고 싶은 충동을 동시에 느꼈다.

　명망 높은 로캉쿠르 요리학교에 들어가고 나서부터 그녀는 사람들에게 좀 더 사근사근한 말투를 쓰려고 노력했다. 엄마는 딸을 그 학교에 등록시키고서 적잖이 자랑스러워했다. 그녀는 지나치게 날이 선 말들을 무디게 갈아보려 했다. 그래서 질문을 할 때도 상당한 노력과 시간이 필요했다. 그 때문에 그녀는 또다시 실제보다 느린 사람 취급을 받았다. 다행히 요리에는 소질이 있었고 정확성은 둘째가라면 서러웠기 때문에 처음에는 미심쩍은 눈으로 바라보던 선생님들도 나중에 가서는 그녀를 좋게 보았다.

자기에게로
가는 길

하지만 일이 이상하게 돌아가려니, 그 학교에서도 쫓겨나고 말았다. 두 살 위 선배 하나가 그녀를 저능아 취급하고 사사건건 가르치려 들었기 때문이다. 그녀가 당근을 작게 깍둑썰기하고 있는데 나 하는 거 봐, 라면서 칼을 빼앗으려 들질 않나, 얼마나 고르게 할 수 있는지 보겠다는 듯이 어깨 너머에 버티고 서서 감시를 하질 않나, 마치 그녀가 실력이 좀 떨어진다는 듯이 굴었다. 그녀는 몇 번이나 도움을 거부하면서 으르렁댔고, 그는 그녀가 사정거리 안에 있으면 괜히 툭 치거나 밀고 지나갔다. 아, 미안, 다 떨어졌네. 하루는 그녀가 반쯤 졸면서 커피머신 앞에서 쪼르르 떨어지는 커피를 기다리고 있었는데 그 선배가 뒤로 지나가다가 김이 모락모락 나는 커피잔을 쏙 빼갔다. 그녀는 당황했고, 눈살을 찌푸렸다. 내 커피야, 라고 했지만 그는 이미 저만치 걸어가면서 뒤도 돌아보지 않고 이 말만 던졌다. 네가 한 잔 더 뽑으면 되잖아.

그 후 그 자식이 또 한 번 선을 넘었고, 그녀가 손을 봐줬다.

예상과 달리 그녀의 퇴학은 잘된 일이었다.

우린 잘 해낼 거야. 엄마는 그녀에게 말했다. 심지어 그로부터 며칠 후, 서른 살 나이 차에도 불구하고 엄마와 좋은 친구로 지내는 이웃집 아주머니가 로즈가 직업학교에서 쫓겨났다고 걱정을 할 때도 엄마는 그 말을 되풀이했다. 얘는 영리해요, 알아서 잘할 거예요. 엄마가 자신만만하게 딱 잘라서 그렇게 말하자 그녀는 충격으로 어질어질했다. 어쩌면 어린 시절은 결국 그런 것 아닌가. 자신을 스스로 정의하기는 어렵고 부모가 다른 집 부모에게 하는 말을 듣는 데 그치는 시절. 아, 얘는 참 부지런해요, 혹은 얘는 고기를 잘 먹어요, 라는 말을 들었기 때문에 부지런한 아이나 고기를 잘 먹는 아이가 되려고 노력하는 시절. 그러다 가끔은 태어난 날과 시가 뭔가를 알려줄지도 모른다는 생각에 점성술을 참고한다. 우리는 우유부단한 편일까, 고집이 센 편일까? 신의가 깊은가, 경망스러운가? 그건 마치 마음에 드는 서명을 찾기 위해 이것저것 시도해 보거나 학기 중에 글씨체를 바꾸는 것과 비슷하다(i 위에 점을 찍는 대신 작은 동그라미를 그려볼까? 왼쪽 혹은 오른쪽으로 살짝 기울여 써볼까?).

그때, 얘는 영리해요, 라는 엄마의 말을 들으면서 그녀는 고마움으로 벅차올랐다. 물론 그런 내색은 전혀 하지 않았다. 하지만 그녀는 까다로운 계량 강박을 조금씩 내려놓기 시작했고 매일 엄마와 함께 먹을 저녁을 (색이나 질감을 보고) '눈대중'으로 만들었다. 그것이 로즈에게는 '위대한 해방'의 시작이었다. 그녀는 다른 학교를 알아보는 동안—당연히 이전 학교만큼 명문은 아니었지만 자신을 항상 낙오자처럼 생각하는 태도는 집어치워야 한다—세상일은 아주 완만하게, 거의 눈에 띄지 않게 진전될 수도 있다는 것을 알았다. 꽃이 피는 것도, 늙어가는 것도 그렇지 않은가. 사실 그녀는 저속 촬영한 꽃의 개화 장면을 볼 때마다 뭔가 요란스럽게 부자연스럽다고, 심지어 다소 역겹다고 생각하곤 했다. 한 발 한 발 나아간다는 것은, 이 세상의 누군가가, 심지어 내가 나를 믿기 전부터, 나를 믿어준다는 것은 얼마나 감미로운지. 그 누군가가 그저 내 엄마일지라도. 그도 그럴 것이, 로즈는 세상 모든 엄마가 자기 엄마 같지 않다는 것을 몰랐다. 딸에게 매일매일 너는 '특별히' 예쁘다고 말해주지 않는 엄마들도 있다는 것을 그녀는 몰랐다. 자식이 어느 날 자동차 트렁크에 시신을 싣고 들이닥쳐도 너는 망치질도 잘하는구나, 라고 말해줄 엄마는 별로 없다는 것을 그녀는 몰랐다. 어떤 엄마들은 냉정하고 딸에게도 질투를 한다는 것을, 그래서 자화상을 그리는 딸에게 서슴없이, 어머, 넌 너를 실제보다 훨씬 예쁘게 그렸구나, 라고 말한다는 것을 그녀는 몰랐다. 팔자가 사나우니 재주 없는 자식도 안고 가야지 별 수 있니, 라고 푸념하는 엄마들도 있다는 것을 그녀는 몰랐다. 어떤 엄마들은 새로운 남자가 생겼을 때, 당신과 내 딸 중 하나를 선택하라면 나는 무조건 내 딸이야, 라고 진즉에 못 박아놓지 않는다는 것을 그녀는 몰랐다. 그러나 로즈는, 물론 천천히, 사춘기라는 위험한 여울을 건널 것이고 어머니와 딸은 서로에게 가는 길을 되찾을 것이다. 처음에는 머뭇거릴 것이다. 상대의 품에 안기는 법, 뽀뽀를 피하지 않는 법을 다시 배워야 할 것이다. 대화를 나누는 법, 얘기를 털어놓는 법, 어머니를 약간 결함이 있는 사람으로 생각하지 않는 법을. 시간이 걸릴 터였다. 그래도 잘될 가능성은 분명히 있었다.

L'homme du futur et la fille-barbelés

미래의 남자와 철조망 소녀

재봉, 요리, 피아노 연주, 기어 변속. 야심치고는 건전하다. 아버지는 그 네 가지를 할 줄 알면 집단 수용소에서도 살아 나올 수 있을 거라고 말하곤 했다. 거기선 아무것도 할 줄 모르는 사람을 살려두지 않거든, 이라면서. 아버지는 집단 수용소가 늘 같은 방식으로 굴러가는지 주기적으로 확인하기라도 했던 것처럼 말했다.

그녀는 검거를 당하더라도 목숨을 구해줄 이 네 가지 재주를 익히기 위해 노력했으나 솔직히 실용적인 측면에서는 재능이 꽝이라는 것을 인정할 수밖에 없었다.

그렇지만 어릴 적에는 주위 사람들 모두 그녀의 장래가 촉망된다고 보았다. 졸업 사진을 찍을 때도 반 아이

들 모두가 그녀 옆에 서고 싶어 했다. 그래야 나중에 그녀가 유명해져서 특집 방송이라도 하게 되면 방송국에서 동창 자격으로 출연해 달라는 섭외 전화가 올 것 아닌가. 이 똥통 학교에서 유명 인사가 나온다면 그건 틀림없이 그녀일 테니까. 그 시절에는 오랫동안 연락이 닿지 않는 지인을 찾아주는 방송 프로그램이 꽤 있었고 스타들은 카메라 앞에서 유치원 6세 반 담임선생님이나 학교 앞에서 담배를 꿔주던 남자애를 재회하고 기쁨을 주체하지 못하는 척했다.

그 시절에 그녀는 무엇을 할 줄 알았나? 노래를 흥얼대고, 춤추고, 기타를 좀 뜯을 줄 알았으며 프랑스어 성적이 우수했다. 게다가 붙임성이 좋고 재미있고 예쁘장한 편이었다. 그래서 '인기인'이었다.

어쩌다 내 인생이 이렇게 보잘것없어졌을까? 라셸은 이따금 그런 생각을 하곤 했다. 샤를에게는 절대로 그런 얘기를 하지 않았다. 그래 봤자 짜증 나는 여자만 될 테고 라셸은 샤를을 짜증 나게 하고 싶지 않았으니까. 샤를은 위안이 되는 남자이자, 부부 간의 사랑을 철석같이 믿는 남자였다. 샤를과 함께한 결혼 생활은 서로의 마음 주위를 천천히 도는 몽환적인 춤 같았고, 그건 두 사람에게 일어날 수 있었던 가장 좋은 일이었다. 그들은 상대를 넘어뜨리려고 발을 슬쩍 거는 부부, 상대를 '문제 있는 인간'의 전형처럼 여기는—누군가는 샐러드용 식기를 정리할 줄 모르거나, 비스킷을 다 먹어버리거나, 샴푸를 사 오는 것을 깜박해야만 하는—부부가 되지 않았다. 샤를은 기막히게 듬직한 남편이었다. 그녀는 남편의 지극한 배려에 무신경한 척하면서도 친구들에게 이렇게 말하곤 했다. 혹시라도 내가 정글에서 납치를 당하는 날이 오거든 딴 거 다 제쳐두고 우리 남편에게 전화부터 해.

이제 샤를은 여기에 없다. 둘이 함께 늙어갈 줄로만 생각했는데. 그들은 아주 멀기에 감미롭고 유쾌한 계획을 논하듯 그런 얘기를 주고받았다. 바닷가 집에서(그렇지만 해안에서 너무 가까워서는 안 된다. 샤를은 밀물을 걱정할 만큼 신중한 사람이었다) 그는 정원을 가꾸고, 그녀는 십자말풀이 문제를 읽어주고, 부부가 함께 시내 영화관에 갈 것이다. 그녀는 적십자에서 자원봉사를 할 것이고, 그는 자전거 동호회에 가입할 것이며, 가끔은 난민을 집에 재워줄 것이다. 그 모든 일이 얼마나 샤를을 꿈꾸게 했는지 그녀도 거의 신이 날 지경이었다.

라셀은 키슈와 샐러드를 알루미늄 포일로 덮고 한숨

을 쉬었다. 이걸 다 어떻게 먹는담? 그녀는 장례식이 끝나면 너무 많은 감정, 너무 많은 사람, 너무 많은 말에 시달린 탓에 지쳐 뻗을 거라 생각했다. 그런데 실상은 그렇지 않았다. 그녀는 멈춰 서서 마치 먼 곳의 어떤 소리를 식별하려는 것처럼 두 손을 허공에 들고 있었다. 지금 내 기분이 어떻지? 그러고 나서 그녀는 놀랐다. 괜찮은데? 지금은 모든 게 괜찮아. 이제 가장 중요한 사안은 이거야, 조심스럽게 한 발, 또 한 발을 내딛는 것. 할머니 사는 게 다 그렇지 뭐. 그녀는 가만히 자조한다.

암고양이 장뤼크가 라셸의 다리 사이를 빙빙 돌면서 위태로운 무한대 모양의 8자를 그렸다. 라셸이 냉장고로 옮기는 모든 것이 너무나 먹음직스러운 냄새를 풍겼다. 암고양이의 이름이 장뤼크인 이유는, 신랄한 재치의 소유자를 자처하는 샤를의 조카딸이 어느 날―배우 지망생인 그 애는 요란하게 웃어대고 말을 할 때 커다란 몸짓을 했는데, 라셸이 보기에는 엄청난 수줍음을 감추느라 일부러 더 그러는 것 같았다―새끼 고양이를 안고 그들을 찾아왔기 때문이다. '세상 둘도 없는 촌구석' 레지던스에 들어가게 됐는데 제가 돌아올 때까지 애 좀 맡아주세요. 그러고는 이 말을 덧붙였다. 애 이름이 장뤼크인 건 안경 때문이에요. 눈을 가늘게 뜨고 고양이의 낯짝을 바라보니 무슨 말인지 어렴풋이 알 수 있었다. 암고양이의 두 눈 주위 거무스름한 무리가 장뤼크 고다르가 쓰고 다니던 안경과 비슷해 보였다.

말할 필요도 없겠지만 샤를의 조카딸은 결코 장뤼크를 데리러 오지 않았다. 보조금으로 근근이 살아가는 떠돌이 예술가의 삶은 집고양이와의 동거를 허락하지 않았다.

아주 냉장고에 들어가 살림 차리겠다, 요 뚱땡이. 라셀은 장뤼크를 저만치 떼어놓으려고 애썼다. 먹을 것을 꺼내 부자유스러운 종종걸음으로 고양이 밥그릇에 다가갔다. 조금만 기다려, 조금만 기다리자.

몸을 굽히는데 허리가 아팠다. 온몸이 안 아픈 데가 없었다. 어쩌다 똑바로 서지도 못하게 됐지? 갑자기 이렇게 된 걸까, 아니면 서서히 점진적으로 구부정해지다가 어느 날 거울 속에서 목덜미는 뒤로 빠지고 어깨는 치솟아 있고 목은 보이지도 않는 옆모습을 발견하고 이게 사람인가, 거북인가, 생각하게 된 걸까. 어쩌다 이 지경이 됐는지는 이제 알 수 없었다. 그녀가 아는 거라고는, 자신이 다소 뚱뚱한 할머니가 되어가고 있다는 사실뿐이었다. 절대로 뚱뚱한 할머니는 되지 않겠노라 다짐했던 그녀가 말이다.

미래의 남자와
철조망 소녀

나는 새로운 나라에 온 거야, 하고 라셸은 생각했다. 과부살이, 노맨스랜드no man's land, 한밤중의 야식 충동과 조조할인 영화, 한없이 긴 것 같은 초저녁 시간과 플라스틱 장난감을 너무 많이 갖고 노는 반려동물의 나라. 전에는 밤을 건너기 위해 약이 필요했는데 이제 낮 시간을 보내기 위해 약이 필요할지도 모른다.

거실로 돌아왔는데 안락의자에 처음 보는 검은색 웃옷이 걸쳐져 있다. 그 옷을 집어서 찬찬히 살펴보고 냄새도 맡아보았다. 친숙한 여자 향수 냄새가 났다. 그녀는 기계적으로 옷을 개켜서 작은 원탁 위에 올려놓았다. 그러고는 창가의 키 큰 스툴에 잠시 앉았다. 라셸은 절대로 소파에 앉지 않았다. 샤를은 소파를 미색으로 사고 싶었을 것이다. 이상한 변덕을 부리거나 물건에 집착하는 남자가 아니었는데도, 어느 대로의 고급 가구점 진열창 너머의 미색 소파가 그의 눈에 들어와 박혔다. 그렇지만 결국 자신의 선택에 아내가 얼마나 당황하고 걱정할지 깨달은 뒤 연회색 소파를 샀다. 휴양지 느낌이 덜 나는, 소박하면서 때가 덜 묻은 듯한 착각을 주는 그런 소파를. 라셸은 절대 소파에 앉지 않았다. 그렇지만 때때로 논쟁을 열기 좋아하던 샤를은 소파란 얼마나 평등한 물건이냐고 말하곤 했다. 소파는 누구나 같은 자리에 앉아 동일한 안락을 누릴 수 있는 가구라는 것이다. 천만의 말씀. 라셸은 소파가 더러워질까 봐 아예 앉지도 않았다. 단순히 때가 끼는 게 문제가 아니라 체액이 묻기라도 할까 봐. 하지만 결코 그런 말을 하지 않았을 것이다. 그녀는 생리가 끊긴 지 좀 됐지만 여전히 소파에 앉지 않았다. 더욱이, 그녀는 생리를 할 때가 좋았다. 매달 작은 집을, 피의 모래성을 새로 지었다가 조용히 몸 밖으로 흘려보내는 것 아닌가. 작은 집을 만든다는─게다가 그 집에는 아무도 산 적이 없다는─생각이 오랫동안 위안이 되었다. 그건 마치 발현하지 않고 잠재된 초능력 같았다.

인터폰 소리가 그녀를 상념에서 끌어낸다. 웃옷을 깜박 잊고 간 사람인가 보다 생각하며 일어났다. 현관 벽에 걸린 수화기를 들고 버튼을 열다섯 번쯤 눌렀다. 로비에서 뭐라고 하는지 전혀 들리지 않는다. 벨이 울리면 방문객이 누구인지 인터폰으로 물어볼 수 있다. 누군가 뭐라고 말했는데 소리가 울려서 알아들을 수 없고 금속 손잡이가 철컥하고 돌아가는 소리만 들린다. 그녀는 자기 집 현관 문을 살짝 열어놓고 다시 거실을 정리하려 돌아선다. 문이 도로 닫히는 소리가 나서 뒤를 돌아본다. 문간에 난생처음 보는 사람이 서 있다. 맨 처음 든 생각은, 이 옷이 저 사람 것일 리 없다는 것이다. 사이즈가 전혀 맞지 않는다. 게다가 이건 여성복 아닌가. 그런데 이 사람은 한 눈을 감고 봐도 남자다. 꽤 키가 크고 한때는 건장했을 것 같은 체격, 수염과 때 이르게 벗겨지기 시작한 머리, 지쳤는지 넋이 나간 건지 모를 표정, 스물다섯 살 아니면 서른다섯 살?(라셸은 사람 나이를 도통 가늠할 줄 몰랐다. 그래서 샤를은 그녀를 짓궂게 놀리곤 했다. 텔레비전에 영화배우가 나오면 저 사람이 몇 살쯤 되어 보이느냐고 묻고 라셸이 열다섯 살쯤 틀리게 말하면 희희낙락하는 것이었다.)

남자가 물었다. 혼자 있어요? 사투리처럼 들렸는데 어디 억양인지는 알 수 없다. 되는 대로 말해보자면 몰도바? 그녀가 묻는다. 여기 왜 오셨죠? 그 사내는 주방을 흘끗 보더니 욕실 문을 열어본다.

나가세요. 라셸은 말했다. 아직은 무섭지 않다. 그녀는 화가 났지만 남자가 차분하게 대꾸한다. 닥쳐. 샤를이 장바구니를 들고 언제나처럼 경유 냄새가 배어 있는 바람 한 줄기와 함께 돌아올 리가 없는 지금, 그 말을 들으니 공포로 온몸이 얼어붙는다. 그녀는 속으로 빈다. 오, 제발, 내가 이놈 앞에서 오줌을 지리지만 않게 해주세요. 그녀는 자신이 지독히도 힘없고 외롭게 느껴졌다. 그녀는 아드레날린의 분출을 느낄 수 없었다. 그랬더라면 반사적으로, 현명하면서도 위험을 감수하는 행동이 빠르게 튀어나왔을 테다. 그녀는 단지 장뤼크가 도베르만 같은 대형견이 아니어서 아쉬울 뿐이다. 게다가 장뤼크는 새로 나타난 자의 정체를 궁금해하고 있다. 암고양이는 앞으로 무슨 일이 일어날지 기대한다는 듯이 주방 문턱에서 꼬리를 느릿느릿 흔들었다.

원하는 게 뭐예요? 라셸이 묻는다.

남자가 그녀를 돌아보고 친절하게도 이렇게 말한다. 돈과 먹을 것이 필요해서 말이지.

집에 있는데 강도가 들이닥쳤다는 친구 하나가 생각났다. 그 친구는 현금을 가지고 있지 않았기 때문에 주사기로 협박을 받으면서―아마도 에이즈 바이러스가 묻어 있었을 것이다―현금 지급기까지 끌려가야 했다. 사건 이후에 은행은 피해 금액 환불을 거부했다. 어쨌든 비밀번호를 누르고 계좌에 접근한 사람은 당사자가 맞다는 이유로 말이다. 뭐, 그렇다.

그녀는 늙은 여자는 강간당하지 않는다고 생각한다. 성범죄자는 나이를 아랑곳하지 않는다는 것을, 설령 아랑곳하더라도 그건 어디까지나 더 신선한 먹잇감이 손아귀에 있을 때뿐이라는 것을 그녀는 모른다. 어쩌면 이 남자는 약에 취해 있을지도 모른다. 만약 그렇다면 샤를이 늘 말했던 대로 이 사람이 어떻게 반응할지는 모르는 일이다. 그녀는 여전히 거실에, 장례 식사의 잔해(잠시 후면 역겹게 느껴질 먹다 남은 음식을 가리키는 말치고는 점잖기도 하다) 옆에 서 있다. 남자가 불쑥 말한다. 나는 미래에서 왔어.

하다 하다 별소리를 다 듣는다.

희한하게도, 그가 뜬금없이 내뱉는 말을 듣고서 라셸은 오히려 정신이 돌아온다. 이건 어린애가 하는 말이거나, 정신병자가 하는 말이거나, 미래에서 온 남자가 하는 말이다. 셋 중 뭐가 됐든 간에, 아까보다는 덜 무섭다. 그녀는 말한다. 가진 게 별로 없지만 있는 대로 줄 테니 그거 가지고 가세요. 그것은 효력을 발생시키는 문장이다. 그녀는 이 말에 모든 확신을 담았다. 라셸이 자기 방으로 걸어가자 남자가 내뱉는다. 개수작 부리지 마. 그가 주방 수납장 서랍 하나를 연다. 마치 이 집에 사는 사람, 어떤 물건이 어디에 있는지 다 아는 사람 같다. 하지만 누구나 주방용 식도는 저렇게 생긴 수납장 첫 번째 서랍에 넣어두는지도. 남자가 생선포 뜨는 칼을 꺼낸다. 소름 돋게 날카로운 칼이다. 그녀도 누군가를 위협할 작정이라면 그 칼을 꺼냈을 것이다. 그가 칼을 들고 방으로 따라 들어온다. 라셸은 서랍을 열고 현금을 넣어두는 나일론 파우치를 꺼낸다. 그녀가 파우치를 건넨다. 남자는 파우치를 열어 내용물을 확인한다. 이게 다야? 그가 묻는다. 나는 나이 많은 할머니예요. 돈 많은 할머니는 아니죠. 하지만 주방으로 와봐요. 먹을 건 많으니까. 라셸은 덧붙인다. 할머니들은 돈은 없어도 맛있는 끼니 차릴 음식은 늘 있다우.

그녀가 어떻게 이런 행동을 할 수 있는 걸까? 그녀는 자기 행동을 평가하고 놀라워할 정도로, 자기 자신과 어지간히 분리된 기분이 든다. 장난스럽게 빈정거리는 것처럼 보일 수도 있겠고 초연한 숙명론자처럼 보일 수도 있겠다.

그녀는 종종걸음을 걸으면서 재잘거린다. 늙은 여자들 사는 게 다 그렇잖아요? 라셸은 그렇게까지 늙지 않았다. 오히려 그 반대다(라셸에 대한 나의 묘사가 여러분을 헷갈리게 한다는 게 마음에 든다. 그녀는 늙은 여자처럼 보이기를 '원하고' 그 점이 중요하다. 여자들은 다 그렇지 않은가. 샤를은 그런 점을 두고 라셸을 다정하게 놀리곤 했다. 그러면 그녀는 이렇게 말했다. 맞아, 하지만 원하는 바를 얻어내려면 무해해 보이는 게 낫거든).

그녀가 말한다. 앉아요, 이제 막 우리 남편 장례를 치르고 왔지만 냉장고는 그득그득하다우.

그러자 남자가 앉는다. 다들 말 잘 듣는 습관이 얼마나 뼛속까지 스며 있는지, 설령 그 사람이 미래에서 온 남자라고 해도 말이다. 남자는 칼을 식탁 위에 가까이 두었고 그녀는 냉장고를 뒤진다. 장뤼크는 마음이 놓이는지 의자 다리 주위를 빙글빙글 돌기 시작한다. 라셀은 생각한다. 문제는 피를 흘리지 않고 이 사람을 치우는 거야, 어쨌거나 내 피는 아니어야 해. 그녀는 키슈와 파스타 샐러드에 덮인 알루미늄 포일을 벗기면서 시나리오를 착착 세우는 중이다. 파스타 샐러드는 항상 라셀을 조금 우울하게 했다. 화끈하고 기막힌 맛의 아라비아타 파스타를 먹을 수 있는데 굳이 마요네즈로 맛을 낸 차가운 파스타를 먹을 필요가 있나? 그런 요리는 너무 노골적으로 에너지를 공급하는 느낌이었다. 배가 텅 비었으니 얼른 채우고 보자, 뭐 이런 느낌. 어찌 보면 불행에도 약간의 쓸모는 있다. 침입자에게 참치와 파를 넣어 버무린 마카로니를 내놓으면 나중에 음식물 쓰레기로 버리지 않아도 될 테지.

그녀는 말한다. 내가 즉석에서 산마늘로 페스토를 만들어 줄게요.

남자가 그녀를 바라본다. 그는 무방비 상태다. 어느새

자기 엄마 집 주방에 돌아와 있다. 라셸은 우리 안에 거하는 악이 개인적이면서도 일반적이라는 것을 안다. 그러나 우리 중 어떤 이들이 원래부터 능숙한 고문관은 아니라는 것도 안다. 그녀는 이 남자가 괴물로 돌변할 수도 있다는 것을 일순간도 의심하지 않지만 지금은 그도 완전히 무방비 상태다.

그리고 라셸은 묻는다. 미래에 대해서 말해봐요.

그녀는 그에게 등을 돌린 채 자기 할 일을 한다. 맥주잔을 꽃병 삼아 꽂아두었던 콜키쿰 꽃 한 다발을 꺼낸다. 샤를을 이제 막 묻은 묘지 근처 작은 숲에서 직접 꺾어온 꽃이다. 샤를은 이 꽃을 무척 좋아했다. 그들 부부는 상퇴유쉬르베르 문화센터 합창 수업에서 이 노래를 부를 때 처음 만났다. 초원에 콜키쿰 꽃이 피네, 피네, 초원에 콜키쿰 꽃이 피네, 여름이 끝나네. 라셸이 내는 고음은 경이로운 효과를 불러일으켰다. 샤를은 그 목소리의 매력에 푹 빠져버렸다.

남자가 말한다. 얘기해 줄 수 있지, 하지만 그다음엔 당신을 죽여야만 할걸.

악이라는 놈은 흐리멍덩한 눈에 이해력도 꽉 막힌 주제에 자신에게 모든 것이 허용되는 줄 안다. 남자가 미래에 대해서 떠드는 동안 라셸이 페스토를 만들면서 한 생각은 대충 그런 것이었다.

남자는 시작은 개판이었고 끝도 개판이지만 중간 부분은 그리 나쁘지 않았다고 했다. 매주 물을 실어 나르는 탱크 트럭, 도시에 악취를 풍기는 연료로 돌아가는 발전기 이야기를 한다. 연료 부족 문제가 심각했지만 금세 가축 분뇨가 딱 좋은 대체 에너지원으로 밝혀졌다나. 도시의 악취는 더욱 심각해졌다. 그러나 적어도 뾰족한 쓸모는 없지만 삶을 좀 더 견딜 만하게 해주는 물건들은 계속 쓸 수 있게 되었다.

어떤 물건들 말인지? 라셸이 묻는다.

그가 물건 이름을 마구 지어낸다. 플라스마 퍼컬레이터, 파동 다이오드 환원기. 라셸은 그런 물건을 어디에 쓰는지 묻는 것은 포기한다. 거기까지 가고 싶지는 않다. 그녀가 원하는 건 다만 이 죽음의 페스토를 만들 때까지 그가 기다려주는 것뿐이다. 라셸이 이 페스토를 만들어 보고 싶어 한 지는 벌써 몇 년 됐다. 하지만 실제로 만든 적은 한 번도 없다. 세상에, 그런 일이 있을 리 있나. 누군가를 없애버리고 싶다는 생각은 꿈에도 한 적이 없다. 라셸이 아직 아주 어렸을 때 어머니의 친구가 숲에서 야생초를 뜯다가 콜키쿰을 산마늘로 착각하고 잔뜩 뜯어 왔다. 그 아주머니는 그걸로 평소처럼 브루스케타에 발라 먹을 페스토를 만들었다. 다음 날 피를 토하고 쓰러진 아주머니의 시신이 발견됐다. 불과 다섯 살이었던 라셸에게 그 사건은 깊이 각인되었다.

남자는 계속 미래를 이야기하고 있다. 불행히도 흔히들 약속하는 모든 미래와 지독히도 닮은 미래를. 사람이 살 수 없는 도시, 인구 과밀, 역병, 기후 난민, 통제 불능 상태의 기술, 시골로 이주하기, 가능하면 정원 한가운데 우물이 있는 집으로…….

신나는 얘기는 아니군요. 라셸이 한마디 한다.

그가 맞장구를 친다. 그러고는 자기는 더 이상 잃을 것이 없다고 덧붙인다. 돌아가고 싶은 마음이 추호도 없다나. 그가 킬킬대기 시작한다. 킬킬대는 소리가 몹시도 불안하고 추악하다. 라셸은 그렇게 웃지 말라고 하고 싶다. 하지만 어느 모로 보나 그럴 입장은 아니다. 라셸이 그를 바라본다. 그는 파스타 샐러드를 먹고 있고 칼은 여전히 그가 손만 뻗으면 닿을 곳에 있다. 자, 다 됐어요! 그녀가 그렇게 말한 바로 그 순간, 현관에서 벨이 울린다.

누가 오기로 했어? 남자가 당황해서 묻는다.

그녀는 자기도 놀랐다는 표를 내느라 눈썹을 과장되게 찡그리면서 아니라고 대꾸한다.

저 보브예요, 엄마가 웃옷을 여기 벗어두고 왔대요. 이웃집 딸내미가 문 너머에서 큰 소리로 외친다. 상황을 막론하고 어지간히 싹싹한 표정을 짓는 까닭에 라셀이 '철조망 소녀'라고 부르는 아이다. 남자가 반응하기 전에 라셀이 크게 소리를 지른다. 열려 있어! 그러자 보브가 문을 밀고 예의 그 불량배 같은 모양새로—캡 모자, 불만이 많아 보이는 얼굴—걸어 들어온다.

제가 방해한 거 아니에요?

무슨 소리, 그런 거 아니야. 이 손님은 이제 막 가려는 참이야.

그러자 일이 재미있게 되었다. 미래의 남자는 어찌해야 할지 몰라 얼이 빠졌다. 보브의 난데없는 등장은 그의 계획에 없었으니까. 그는 의자가 뒤로 넘어갈 정도로 벌떡 일어섰고 1초도 안 되는 순간이지만 망설이는 듯했다. 피가 절반밖에 안 도는 그 머릿속에서 무슨 일이 일어났는지 나는 모른다. 그는 다짜고짜 나타난 소녀에게 덤벼들 수도 있었다. 이 뜻밖의 등장은 모 아니면 도다. 하지만 사실 그는 자기 보존의 본능이 강하고 분별력도 실낱만큼은 남아 있는 사내다. 그래서 식탁 위의 나일론 파우치는 챙기는 반면, 칼은 건드리지 않고 그 자리에서 내뺀다. 현관 앞에서 보브를 밀치고 열린 문으로 뛰쳐나가 계단을 전속력으로 내려간다.

저한테 겁이 나서 저러는 거예요? 보브가 묻는다.

아니야, 네가 저 사람 목숨을 구한 거야. 라셸이 말한다.

L'étrange épiphanie du docteur Schmull

슈뮐 박사에게 나타난 기이한 새

슈뮐 박사는 812살일지도 모른다. 그는 사람보다는 말라비틀어진 고목을 더 닮았다. 아니, 차라리 화석이 다 된 나무를 닮았다고 해야 하나. 그렇다면 812년보다 더 오랜 세월을 거슬러 올라갈 테지, 당연한 얘기지만 말이다. 그 집에서 일하는 사람들은 자기네끼리 그를 '남작'이라고 불렀다. 라즐로 코파는 '고인'이라고도 부르곤 했다. 필리핀인 가정부 세리는 '고인' 소리를 들을 때마다 질색하며 성호를 그어댔고 폴란드 출신 간병인 고지아도 두 번에 한 번은 성호를 그었다. 라즐로 코파는 남작의 운전사다. 이 말인즉슨, 대부분의 시간을 집무실 구석에 앉아 잡지나 들춰보고 있어야 한다는 뜻이다. 영감탱이는 사람들이 핸드폰

만 들여다보고 있는 꼴을 못 봐줬다. 그 사람들 뉴런이 쪼그라드는 게 보이는 것 같아서 신경이 날카로워진다나. 그래서 남작의 집에서 핸드폰 사용은 금지였다. 남작에게는 노인 특유의 조급증이 있었다. 그는 나약한 꼴을 못 봐줬고, 바로 그런 이유로 자기 자신에게도 성질을 냈다. 그는 말 안 듣는 방광보다 제멋대로 액체를 분비하는 눈물샘에 훨씬 더 짜증을 냈다.

　남작의 집무실은 온갖 신기한 잡동사니를 모아놓은 호기심의 방이나 다름없었다. 으스스하다 못해 황홀한 물건들, 새끼 기린 박제, 히바로족의 쪼그라든 머리,* 산호와 꽃 모양의 자수정 결정, 거대 전복, 포르말린에 들어 있는 황새 태아, 분필처럼 희끄무레하다 못해 빛을 발하는 듯한 가시가 돋친 베누스의 빗,** 합성수지 속에 갇힌 오징어와 가재, 유리 돔에 든 박쥐와 땅거미 박제, 거대한 상어 턱뼈, 가오리 꼬리와 타조 알이 그곳에 있었다.

---

*　히바로족은 페루와 에콰도르 지역에 살았던 원주민 집단으로 적의 머리를 잘라 두개골을 제거하고 찬차(쪼그라든 머리)로 보관하는 풍습이 있었다.
**　'베누스의 빗'은 흰작은가시고둥의 별칭이다. 길고 촘촘한 가시가 빗살 모양으로 돋아난 껍데기를 가지고 있다.

라즐로는 벵골 악어 머리뼈를 모아놓은 곳 아래 앉아서 온종일을 보냈다. 남작은 이제 밖에 나갈 일이 별로 없었지만 그래도 외출의 가능성은 반드시 남겨두어야 했다. 가장 마지막으로 포기해야 할 것, 뭐 그런 의미 같았다(우리 아버지가 내게 자기 자동차를 처분해 달라고 했을 때 이제 살아서 병원에서 나오시지는 못하겠구나, 하고 알아차렸던 것과 마찬가지다).

남작의 집은 도시 서쪽의 언덕 위에 있었다. 이 고장에서 서쪽은 팔자 좋은 사람들이 가장 선호하는 지역이다. 바람이 예로부터 온갖 더러운 것을 동쪽으로 쓸어 보냈다. 두말할 필요도 없겠지만 셰리와 고지아는 동쪽에 살았다.

나는 남작이 부동산이나 석유 사업으로 재산을 일구었다고 쓸 수도 있을 것이다. 이 경우, 그가 어떤 인물인지가 제법 뚜렷하게 그려질 것이다. 하지만 그의 재산이 어디서 왔는지 아는 사람은 아무도 없었다. 그를 슈뮐 '박사'라고 하는 이유를 아는 사람도 없었다. 내가 이해한 바로는, 그는 사실 재산을 일군 사람이 아니라 가문의 마지막 상속자로서 그 집안 유산의 완만한 소멸을 함께하고 있었다. 남작은 제철소를 여럿 물려받았던 것 같다. 18세기 말부터 동부 접경지대에 번영의 시대를 몰고 온 제철소들이었다.

그는 결혼을 하지 않았고 여자를 좋아하지도 않았다. 그는 여자들이 피해자 위치를 강점으로 둔갑시킨다고 했다. 그렇다고 딱히 남자를 좋아하는 것도 아니었다. 그는 여행에 돈을 쓰지 않았고—수집품들이 그에게 왔을 뿐, 그가 수집품을 구하러 다니지는 않았다—호화스러운 접대 따위에 돈을 쓰지도 않았다. 이쯤 되면 남작이 사람들과 어울리기를 즐기지 않는다는 점은 짐작하고도 남으리라. 그래도, 그도 짧게나마 한때는 잠시도 가만있지 않는 팔팔한 젊은이였다. 그러나 금세 암울한 인간혐오에 틀어박히고 말았다. 그는 자신이 인간에게 실망한 적이 없다고, 그러기에는 애초에 이 슬픈 족속에게 큰 기대를 품은 적도 없다고 했다. 남작의 말에 따르면 모든 인간에게는 세 가지 공통점이 있으니 권력 남용, 뻔뻔함, 탐욕이 그것이다. 그러고서 덧붙여 말하기를, 불행히도 자신 역시 예외는 아니라나.

남작은 자기 발로 걷지 못하고 라즐로가 미는 휠체어로만 이동하게 된 후로 매일같이 무릎에 모포를 덮고 집무실 통유리 창 앞에 앉아서 지냈다. 여름에는 테라스에 나가 살았다. 그의 시선은 먼 곳을 향해 있었다. 언덕을 따라

내달리듯 울창하게 우거진 숲, 그 너머로는 도시와 업무 지구의 고층 빌딩들이 보인다. 그렇게 몇 시간이고 꼼짝하지 않고 있는 그는 난쟁이 석고상보다 조금 더 살아 있을까 말까 했다.

라즐로, 그러니까 남작의 운전사야말로 내가 여러분에게 얘기하고 싶은 인물이다. 그는 항상 그때그때 임기응변으로 사는 사람이었는데, 이 노인의 피고용인 노릇은 그가 지금까지 맡았던 모든 일 가운데 단연코 가장 평온하고 가장 지루했다. 그는 잡지조차 자기가 골라서 볼 권리가 없었고 남작이 정기 구독하는 잡지만 봐야 했다. 그건 남작이 좋아하는 단 두 가지, 즉 죽은 동물 아니면 화석이 된 동물을 다루는 잡지였으니 고맙기도 해라. 라즐로는 다채로운 핑계를 내세워 수시로 주방에 내려갔고, 주방에 깔린 어둠 속에서 마들렌을 먹으며 경마 잡지를 보는 것으로 지루함을 달랬다. 남작은 매일 오후 4시 반에 자기 앞에 오븐에서 갓 꺼낸 마들렌을 대령하길 원했다. 마들렌 말고 남작이 집착하는 또 한 가지는 상한 과일이었다. 과일이 상하기 시작할 즈음이면 오래된 리큐어 맛이 난다나. 그는 고지아나 셰리보다는 라즐로를 신뢰했다. 그건 아마 라즐로가 남자라는 사실과 관련이 있을 것이다. 인류라는 족속

을 싸잡아 혐오한다지만 남작 같은 사람에겐 그 족속 안에
서도 성별에 따른 위계가 있는 법이다. 그가 라즐로를 채
용함으로써 궁지에서 건져내 주었다는 것을 알아야 한다.
라즐로가 주인 어르신의 운전사가 되고 싶다고 지원서를
보냈을 때는 강제 집행인들이 그의 집에 들이닥치기 일보
직전이었다. 남작은 인간의 비열함을 잘 아는 사내가 영
원히 잊지 못할 고마움까지 품게 되면 누구나 부리고 싶어
할 운전사 겸 충직한 하수인이 되리라 믿었다. 그런 점을
보면 남작은 나이를 먹을 만큼 먹었는데도 자기의 사람 보
는 눈을 과대평가한 듯하다. 물론 그것이 늙고 부유한 수
컷들의 종족 특성이긴 하다. 그들은 경계심이 많다기보다
는 교만하다. 세상 누구든 자기보다 두뇌 기능이 좀 떨어
진다고 생각한다.

라즐로는 웃기는 남자다. 부친은 고사리에 미친 대학
교수로, 한 치 어긋남 없이 규칙적인 생활을 했다. 라즐로
는 아버지처럼 살지 않기 위해 할 수 있는 모든 일을 했다.
학교는 일찌감치 때려치웠고, 개구리처럼 폴짝거리고 다
니면서 불안정한 삶에 관한 한 괄목할 만한 열심을 보였
다. 그랬던 라즐로가 지금은 사라진 미물들에 미쳐 있는
또 다른 노인의 집에 눌러앉아 허송세월을 하고 있는 것이

다. 인생이란 참 웃기는 짬뽕이다.

라즐로에게 천재적인 아이디어가 떠오른 것은(이 모든 일이 실패로 돌아가기 전에, 그는 자기 입으로 그렇게 말할 것이다) 어느 일요일, 여동생 집에 점심을 먹으러 가는 길에서였다. 그의 여동생 에바는 부동산 중개인이지만—중이 제 머리 못 깎는다고—좁아터진 집에 살았다. 하나뿐인 방은 딸에게 내어주고 에바는 거실에서 잤다. 집이 좁다고 해서 아늑하고 정겨운 곳이 되지 말라는 법은 없다. 라즐로는 일요일 한때를 그 집에서 사랑스러운 여동생과 함께 보내기를 좋아했다. 에바는 잿빛 다크서클이 있지만 예쁘장하고, 가족을 유독 애틋이 여겼으며, 간도 쓸개도 빼줄 만큼 착해빠졌다. 그들 남매의 어머니가 늘 그렇게 말했다. 그건 아마 라즐로에게 그런 면이 없다는 것을 넌지시 짚고 넘어가기 위해 하는 말이었을 것이다. 이유야 누가 알겠는가만은, 한배에서 나온 자식들도 이렇게나 딴판이다.

그날 점심 식사에는 남자처럼 생긴—심지어 얼마 전에 이름도 보브로 바꾼—조카딸, 그리고 아무하고도 닮지 않은 어떤 남자애도 동석했다. 그 남자애가 조카딸의 가장 친한 친구임은 분명했다. 라즐로는 조카딸에게 친구가 있다는 사실에 내심 놀랐다. 그는 조카딸을 늘 사회성 없는 동물 보듯 했고 그나마 그 애가 요리를—라즐로는 '밥하기'라는 단어를 썼지만—좋아한다니 다행이라고만 생각해 왔다. 오늘 점심으로 조카딸은 수수께끼 같은 음식을 준비했다. 라즐로는 자기가 뭘 먹는지 절대로 묻지 않았고 어떤 재료가 들어가는지 궁금해하지도 않았다. 주면 주는 대로 먹고 그게 다였다. 그렇긴 해도 그가 일요일마다 여동생 집에 가는 이유 중 하나가 바로 그 애의 음식이었다. 평일 점심은 늘 남작의 집에서 요리사 셰리와 같은 것을 먹어야 했는데, 이 여자가 허구한 날 맵기만 하고 쓰레기 같은 멕시코 음식을 해댔으니까(라즐로가 정이 가는 인물은 아니라는 것을 안다. 게다가 나한테도 그렇게 보이기는 마찬가지다. 다만, 나는 그에게도 참작할 만한 사정이 있다는 것을 안다. 몇 가지 중독, 예전에 어울렸던 못된 인간들, 난기류 속에서도 똑바로 서 있어야 한다는 지침, 그 모든 것은 늘 진을 빼놓고 결국 기분에 영향을 미친다).

젊은 애 둘이 비교적 말이 없으니 라즐로의 여동생이 대화를 나눈답시고 파블로(아무하고도 닮지 않은 남자애)의 아버지가 박제사라는 얘기를 꺼냈다. 그날 기분이 좋았던 라즐로는 흥미가 동해 이것저것 물어보았다. 파블로는 라즐로를 바라보지도 않고 포크하고 대화를 나누는 건가 싶을 만큼 기어들어가는 목소리로 우물우물 대꾸했다. 젠장, 둘 다 사회성은 말아먹었군. 사춘기에 대해 아무것도 모르는 라즐로는 짜증이 났다. 그는 무엇보다 이런 식의 대화 때문에 소년이 어른과의 대화를 귀찮은 일로 여긴다는 것을 꿈에도 모른다. 소년이 예의를 완벽하게 갖추는 말/회피의 공식으로 여기는 "아뇨, 고맙습니다만 괜찮아요"는 결국 무례하면서도 오만하게 들리게 된다. 머스캣 포도주의 취기가 올라와 수다스러워진 라즐로는 자신이 일하는 집 노인네가 희귀한 동물 박제를 수집한다는 말을 했다. 하지만 이 발언은 소년에게 아무런 반응도 불러일으키지 못했고 대화는 라즐로와 그의 여동생 사이에서만 오갔다. 에바는 늘 그렇듯이 남작의 자질구레한 기벽에 대해서 물어본다.

그 일요일 저녁, 라즐로는 집으로 돌아오면서 이런저런 상념에 젖다가 그가 매일같이 지루하게 뒤적이는 남작의 잡지에서 뭔가를 건져낼 수도 있겠다는 생각이 들었다. 그는 최근에 박물관에 전시된 도도새가 원래 형태를 재현한 것에 불과하다는 글을 읽었다. 다른 동물들의 부속물을 가져다가 끼워 맞춘 키메라. 발은 에뮤의 것이고, 깃털은 타조와 레아에게서 가져왔고, 부리는 소의 뿔을 깎아서 만든…… 가엾은 도도새가 남긴 거라고는 전 세계에 흩어져 있는 골격 몇 구가 전부다. 라즐로는 도도새를 머릿속으로 그려보기 시작했다. 17세기에 영국인 박물학자가 박제로 만든 모리셔스 섬의 마지막 도도새를. 박물학자의 후손들은 런던의 어느 다락방 비밀 금고에 그 박제를 숨겨두었을 것이다. 그런데 마지막 후손이 상속자도 없이 세상을 떠났고, 오 놀랍고 기막힌지고, 먼지를 뒤집어쓴 잡동사니 속에서 도도새가 발견될 것이다. 전 세계 박물관이 그 새를 차지하려고 난리가 날 것이다. 그게 아니면, 정보가 극소수에게만 흘러 들어가 부유하고 파렴치한 몇몇 수집가만이 사정을 알고 도도새를 손에 넣으려 할 것이다. 아, 그렇다. 일이 재미있게 흘러갈 수 있겠다.

그리하여 라즐로는 저녁 내내 계획을 세우느라 골몰했다. '계획'이라고 하니 거창한 감이 있다. 그보다는 재미 삼아 해보는 몽상에 가까웠다. 몇 년 후에는 그러지 않았더라면 좋았을 것이라고 생각하겠지만. 그러나 지금 그는 즐겁고, 이모저모로 생각하고, 예측한다.

그 후 며칠간 여동생을 통해 파블로의 아버지에 대해 알아보았다. 어디서 일을 하고, 이름은 무엇이고, 형편은 어떠한지를. 라즐로는 문제의 인물이 아들을 홀로 키운다는 얘기를 듣고 쾌재를 불렀다. 내가 굳이 말할 필요도 없다만, 한부모 가정은 고정된 책무를 공평하게 분배하기가 불가능하기 때문에 어떤 가정이든 불안정해질 수밖에 없다. 어쨌든 그 외에는 별로 알아낸 것이 없었다. 그의 이름이 독일식이고 페핑겐 화랑 일을 맡아서 한다는 정보가 전부다. 여동생은 라즐로가 '자기 딸의 친구네 아버지'에게 보이는 관심을 막연히 놀라워했다. 라즐로는 자기 고용주가 호기심의 방을 채우기 위해 새로운 화랑을 물색 중이라고, 지난번에 거래했던 화랑에는 완전히 만족하지 못한 것 같다고 둘러댔다. 너도 알잖아, 부자들이 어떤지. 여동생은 비록 부자들이 어떤지 잘 모르지만 그 말에 동의한다. 자기 오빠가 아주 어릴 때부터 가난한 주제에 야망은 크고 팔자는 사나운 놈으로 태어난 불운을 통탄해한다는 것을 잘 아니까.

라즐로는 이 모든 일을 플뢰리 교도소 독방에서 곱씹을 것이다. 그 박제사와 접촉한 일을 후회할 것이다. 머저리가 아니고서야 어떻게 그런 생각을 할 수 있었을까. 그래놓고 자기가 영리한 줄 알았다. 그래, 그게 문제의 근본이다. 머저리 주제에 자기가 영리한 줄 아는 것. 그는 자기 자신을 책망할 때도 있겠지만 주로 진짜 나쁜 놈은 박제사라고 생각할 것이다. 어쨌든 박제사는 감옥행을 면했으니까. 비참한 처지에 둘이 함께 빠지면 언제든 상대가 실패에 더 큰 책임이 있다고 생각할 수 있다는 점이 좋다. 그러면 심심풀이도 되고 한몫도 챙기는 기회를 빚어낸 오만가지 상황들의 합계는 기억에서 잊히고 만다. 라즐로는 박제사의 모습을 떠올린다. 다락방 구석에 몰린 쥐새끼 같은, 언제나 우울하고 약간 겁먹은 듯한 그 표정을. 그 박제사는 재판관 앞에서 자신은 좋은 뜻으로 한 일이었노라 주장했다. 늙은 남작을 속일 의도는 추호도 없었고 그저 괴짜 수집가가 라즐로를 앞세워 독특한 요구를 하기에 그에 응했을 뿐이라고 말이다. 박제사 입장에서도 여러 동물을 짜깁기해서 뭔가를 만들어 내는 건 재미있는 작업 아니겠습니까, 판사님. 그 주장은 그에게 유리하게 작용했다. 실제로 박제사는 라즐로가 남작에게 요구한 막대한 금액을 몰랐다. 만약 그 액수를 알았다면 우리의 박제사는 단박에 의심을 품었을 것이다. 라즐로가 순진한 노인네를 등쳐 먹을 작정이라고 눈치챌 수도 있었으리라.

남작이 라즐로를 전적으로 믿었다는 사실, 혹은 그를 신뢰하길 '원했다는' 사실, 라즐로의 개과천선한 불량배 같은 면모를 좋게 보았다는 사실(라즐로에게는 거짓말쟁이 특유의 매력이 있었다. 어려서부터 남들에게 꾸며낸 얘기를 하기 좋아하고, 특히 자신에게조차 자기 얘기를 지어내 버릇하는 부류가 지닌 매력이), 요컨대 남작이 그를 신뢰했다는 사실은 심신미약자에 대한 사기 행위로 가중처벌을 내릴 수 있는 요인이었지만 실은 노인과 사기꾼 두 사람 모두 벅찬 즐거움을 누렸다. 라즐로는 남작에게 자기가 잘 아는 어떤 중개인에게 들은 얘기라면서, 어느 정신 나간 집안이 4세기 동안이나 런던에 도도새 박제를 보관해 왔다고 했다. 그는 사실과 상상을 반반 섞은 자료들을 건네면서 비밀을 꼭 지켜야 한다고 엄포를 놓았고, 도도새 사진까지 보여주었다. 자연사 박물관에 전시된 복원 모형의 흐릿한 사진이었을 뿐이지만 어차피 노인은 시력이 좋지 않았고 핸드폰 화면으로 보는 사진이니 오죽했으랴. 어쨌든 남작은 도도새 박제가 존재한다고 믿고 싶어 했고 라즐로는 그 새를 자기 동물원에 들여놓고 싶어 하는 사람이 남작만은 아니라고 했다. 남작은 마지막으로 짜릿한 기분을 맛보았으며 그 늦바람 같은 흥분이 어찌나 달콤했던지 라즐로는 자신이 수상쩍은 도도새 이야기로 남작에게 크나큰 기쁨을 주었노라 주장할 것이다. 실제로 오후 4시 반의 갓 구워낸 마들렌과 상한 자두를 제외하면 남작의 기쁨은 나귀 가죽*처럼 쪼그라들어 있었다고 말해도 좋을 것이다. 그래서 노인이 형형한 눈빛으로 손까지 떨며 가짜 도도새 상자를 열어보며 황홀해하던 그 순간에는 전혀 감상적인 성격이 아닌 라즐로조차도 신이 나고 뿌듯했다.

만약 라즐로가 일확천금으로 무엇을 할지 허망한 계획을 세우지 않고 남작의 마지막 밤에 함께 있었더라면, 남작이 가장 진귀한 수집품을 취득한 그날을 마감하는 밤에 함께 있었더라면, 그는 비견할 데 없이 강렬한 순간을 목격했을 것이다.

남작은 저녁에 수면제를 복용했는데도 잠을 이룰 수 없었다. 그는 완벽하게 정돈된 커다란 사각 침대 한복판에 등을 대고 누워 있었지만 눈이 말똥말똥했다. 플란넬 셔츠 차림의 노인이 두 팔을 이불 위에 뻗은 채 천장을 쳐다보는 모습이 내 눈에 선하다. 그의 피가 한창 좋았던 시절처럼 느리지만 고집스럽게 다시 혈관을 돌기 시작했다. 죽

* 발자크의 소설 『나귀 가죽』에는 소원이 이루어질 때마다 점점 쪼그라드는 마법의 가죽이 등장한다. 가죽이 완전히 없어지면 가죽 주인의 목숨도 끝난다.

기 전에 딱 한 번 꽃을 피운다는 어떤 대나무처럼, 그리고 마지막 순간에는 생도 자신의 법칙을 거두어들이는 까닭에, 남작은 이불을 치우고 침대 매트로 쓰는 얼룩말 가죽을 딛고 일어섰다. 그는 조심스럽게 집무실로 걸음을 옮겼다. 문을 하나씩 열 때마다 자신의 작은 걸음걸음에 황홀해했고(친애하는 이들이여, 여기서 말하는 '황홀extase'은 '향락'이 아니고, 깐깐하게 그리스식으로 말해보자면 자기 자신에게서 추방된 상태, 자신의 감각 밖으로 밀려난 상태를 뜻한다), 비록 어두컴컴하긴 했지만 다시금 어른의 눈높이에서 자기 집을 바라보면서 황홀해했으며, 휠체어에 앉아서는 열기 쉽지 않았던 묵직한 문짝의 구리 손잡이를 돌릴 수 있다는 데 황홀해했다. 그는 서서히 자신의 영광을 향해 나아갔다. 바로 거기, 그의 집무실에 도도새가 있었으니까. 창이 살짝 열려 있었으니 언덕 위 그의 집 이웃에서 틀어놓은 프랭크 시나트라의 〈마이 웨이〉가 왜 들리지 않았겠는가. 남작은 그의 소장품을 영예롭게 밝혀주는 작은 조명 하나를 켜고 싶었지만 그럴 필요가 없었다. 그날 밤에는 휘영청 밝은 달이 그의 자랑스러운 새를 제대로 비춰주고 있었으니까. 우리의 남작이 본 것은 그러한 모습이었다. 하지만 우리는 그 새가 시골 공증인만큼 피둥피둥 살이 찌고

<table><tr><td>113</td><td align="right"></td></tr></table>

두 날개는 퇴화되었으며 부리는 커다란 호두까기 같다는 것을 안다. 요컨대, 그 새는 자랑스러운 모양새와는 거리가 멀어도 한참 멀었다. 하지만 그런 게 중요할 턱이 있나. 남작은 잠시 고개를 돌려 업무 지구의 고층 빌딩 꼭대기에서 깜박이는 불빛들을 바라보았다. 가벼운 바람에 커튼이 흔들렸다. 그는 이 언덕이 인간의 입맛대로 사실상 파괴되기 전에는 어떤 모습이었을까 생각했다. 그는 야생 상태를 생각했다. 미지의 새들이 지저귀는 소리, 짐승들이 사납게 외치는 소리, 목놓아 우는 소리를 떠올렸다. 남작은 우리 인간의 대업이라는 것이 얼마나 덧없는지 깨닫고는 설핏 미소 지었고, 소리 내어 웃기 시작했다. 그는 어릴 때 이후로 웃어본 적이 없었고 울어본 적도 없었다. 그는 웃었고 자기 웃음소리에 놀랐다. 그 소리는 어쩐지 흐느낌 같기도 했고 상처 입은 곰이 내는 소리 같기도 했다. 그리고 남작이 자신의 아름다운 동물에게로 주의를 옮겼을 때, 그는 결코 보아서는 안 될 것을 보았다. 그 새가 넓적한 부리를 벌리고 귀에 거슬리는 꽥꽥 소리를 내뱉는 게 아닌가. 언덕에서 들려오던 울음소리는 허상이었지만 이 꽥꽥 소리는 매혹적인 현실성을 띠고 있었다. 남작이 한 손을 자기 가슴에 얹었다. 그 순간, 그의 늙은 심장이 터지고 말았던 것이다. 그는 스르르 주저앉았고 그를 감싼 플란넬 셔츠가 마치 착륙하는 열기구처럼 주위에 내려앉았다.

라즐로 얘기로 돌아가자면, 앞에서도 말했지만 그는 정말 웃기는 남자다. 라즐로는 독방에서 한동안 실의에 빠졌다가—비록 남작이 최후의 순간에 경험했던 기이한 현현을 자세히 알지 못했지만—산송장 같은 노인네에게 가없는 기쁨을 주었으니 이거야말로 지난 10년을 통틀어 자신이 가장 잘한 일이라고 생각하기에 이르렀다. 그리하여 흡족한 기분으로 독방의 너절한 침대에서 잠을 이룰 수 있었다.

슈뮐 박사에게 나타난
기이한 새

Du mauvais usage de nos dons

제대로 쓰이지 못한 재능

멕시코에서 살던 시절에 그는 신기가 있는 아이였다.

그런데 어쩌다가 이렇게 되고 말았을까? (고약한) 농담처럼 들릴 수도 있는 얘기다. A라는 점에서 출발해 B라는 점까지 가면서 크루즈선처럼 일정한 속도로 곤두박질해보라.

헤르만은 전화를 끊고 오른손에 전화기를 쥔 채 몽상에 빠져든다. 그는 테라코타 병정 인형처럼 완벽한 부동자세로 몽상에 잠기는 경향이 있다. '무궁화꽃이 피었습니다' 유의 부동자세는 섬뜩해 보이는가 하면(전처인 린이 초기에는 그렇게 말했다) 바보처럼 보이기도 한다(이것도 린의 평가다, 나중에 가서의 일이지만). 같은 음 세 개에 걸려 영원히 넘어가지 못하는 불량 시디, 그게 헤르만이다.

저녁 9시가 다 되어가는데도 헤르만은 공방에 남아 있다. 마무리해야 할 주문 작업이 있다는 핑계로 미적거렸다. 요로 감염으로 죽은 포메라니안. 이것이 그의 일에서 커다란 부분을 차지한다. 너무 일찍 세상을 떠난, 우리의 사랑하는 반려동물들에게 모양새와 표정을 되돌려주는 작업. 그게 이 직업에서 가장 높이 평가받는 부분은 아니다. 하지만 헤르만은 감상적인 사내다. 그래서 그는 작은 몸집의 부인네들이, 자기들도 세상에서 사라질 그날까지, 반려동물을 영영 멈춰버린 완벽한 자세로 곁에 두고 싶어 하는 그 간절한 바람에 마음이 움직인다. 그는 지금까지 얼룩말이나 천산갑을 작업하고 싶다는 야망은 품어본 적도 없다. 그런 건 원치 않았다. 그는 언제나 페핑겐 공방의 일꾼으로 살아왔다. 다른 사람들은 자신을 소개할 때 페핑겐 화랑 소속이라는 표현을 썼다. 하지만 헤르만은 그저 이렇게 말한다. 난 공방에서 일합니다.

헤르만은 쉰두 살이고 공방에서 아이들을 많이 봤다. 헤르만은 아이들에게 일을 가르쳤고 아이들은 그를 잊고 자기 갈 길로 계속 나아갔다지만 그게 전적인 사실은 아니다. 그들도 어른이 되고 나면 다소 애틋한 자기만족에 젖어 일을 배우던 때를 회상하고 처음 일을 가르쳐주었던 스승의 진지한 태도, 온정, 겸손을 떠올릴 것이다. 친애하는 헤르만, 배은망덕의 시절은 결국 지나가는 것을(헤르만은 이 배은망덕의 시절을 늘 조화롭지 못한 신체 변화나 여드름투성이 피부와 연관 지어 생각했다. 그가 이 시절의 이중적 의미를 이해하게 된 지는 얼마 안 됐다. 아들 파블로가 사춘기에 접어들고 나서였으니까). 요컨대, 그의 제자들은 비록 그가 생각하는 것만큼 스승을 잊지는 않았지만 그들이 스승의 손을 놓고 떠나갈 때 헤르만이 언덕바지에 앉아 그들이 멀어져가는 모습을 내처 바라보았던 것 또한 사실이다.

당신은 야망이 너무 없어. 린은 허구한 날 그렇게 말했다.

지금까지 헤르만에게 그건 결코 문제가 아니었다. 그는 단지 메스를 들고 동물의 유해를 다루며 어렴풋한 초월성을 느끼기를 좋아했다.

린은 자신이 헤르만을 떠나기 전에는 항상 그가 자기를 버리고 떠날 거라고 생각했다. 밤에 남편이 다른 여자랑 바람이 난 꿈을 꾸기라도 하면 다음 날 온종일 남편에게 성질을 부렸다. 둘이 함께 영화를 볼 때도 여자 주인공을 가리키며 집요하게 물어댔다. 저 여자 좋아? 헤르만이

제대로 쓰이지 못한
재능

좋아하는 여가수의 노래가 라디오에서 나오면 어김없이 한소리를 했다. 당신 여친 노래 나오네.

마침내 떠난 사람은 린이었다. 그녀는 자기가 다니던 치과의 의사와 같이 살 거라고 했다. 입을 크게 벌리고 있어야 하는데, 뭔가를 따질 수도 없고 모든 것이 전적으로 그 사람 손에 맡겨져 있는데, 여기저기 때운 치아들을 내보이고 어지간히 상쾌할 법한 입 냄새까지 풍기는데, 그런데도 사랑을 느끼는 사람이 있다니 제정신일까. 헤르만이 자기 아내의 구강에 잠재된 에로틱한 효과를 충분히 알아보지 못했을 수도 있다. 뭐, 어쩌면 말이다.

하지만 잊지 말기를. 그리고 나는 헤르만도 잊지 않았으면 좋겠다. 그가 한때 정말로 특별한 아이였다는 것을. 그의 머리 위에는 후프 모양으로 타오르는 불이 있었고 만약 누군가가 그 불을 보았다면 찬란한 안도감이 비추는 것을 느꼈을 것이다. 물론, 오래전 멕시코에서의 일이다. 하지만 사실이 그랬다.

그리고 지금 그는 하얀 가운을 입고 작업대에 앉아 마침내 재능을 발휘할 준비를 하고 있다. 전화를 건 남자는 말했다. 가능한 한 사실적으로 제작해야 합니다. 감박 속아 넘어갈 정도로요. 박제로 만들 수 있는 도도새가 지구상에 한 마리도 남지 않았다는 걸 누가 모릅니까. 의뢰인도 다 알아요. 하지만 그 양반이 여간 괴팍하지 않아서요. 전화를 건 남자는 덧붙여 말했다. 그리고 돈이 썩어나게 많거든요. 돈 많고 괴팍한 노인들이 다 그렇지만 그 양반도 변덕이 심하죠.

증명 완료.

다만, 우리의 헤르만은 한 가닥 의심을 떨치지 못하고 있다.

그가 괜히 멕시코에서 한때 신기 있는 아이였겠는가. 그가 괜히 보석을, 혹은 그의 어머니가 보석으로 간주했던 것을, 찾으려고 태평양에 뛰어드는 소년이었겠는가. 소년은 어머니가 오두막 창턱과 야트막한 탁자에 가지런히 늘어놓을 반짝이는 돌멩이를 구하러 바닷속 불장어, 눈송이 곰치, 그 밖에도 독이 있고 징그러운 동물들과 맞섰다. 그 오두막을 어머니는 상담실이라고 불렀다. 그의 어머니는 샤먼이었으니까. 헤르만은 그 점을 자랑으로 여겼다. 동네 아이들에게 괴롭힘을 당하기 전까지는. 그 아이들은 늘 헤르만의 어머니를 미친년이라고 불렀다. 자기들의 어머니와 할머니가 사랑하는 이를 저세상에 먼저 보내거나, 배가 헛헛하거나, 완경기 우울증을 겪거나, 생리통이 극심할 때마다 그 미친년을 찾아가는데도 말이다. 상황을 파악할 만한 나이가 되었을 때 헤르만은 여성의 생식기 및 제반 구조에 대해서 적잖은 지식을 갖게 되었다.

그리고 지금, 헤르만은 자기 안에서 고개를 쳐드는 가벼운 의심을 잠재울 그 무엇을 바랄 뿐이다. 원양 항해선에서 마시는 토마토주스라든가, 초고속 열차에서 마시는 얼음 띄운 오렌지주스 같은 것(같은 음료라고 해도 주방에서서 마실 때와 전혀 다른 맛이 난다). 그는 이제 막 슈뮐 박사의 조수라는 사람에게 주문 전화를 받았다. 그는 바로 다음 주에 1차 지불금을 현금으로 지급할 거라고 장담했다. 눈이 튀어나올 만한 금액이었다. 단순히 그의 재능을 높이 산다는 뜻일까, 아니면 그 조수라는 인간이 사기꾼인 걸까? 가엾은 헤르만이 조수가 남작에게 실제로 얼마를 불렀는지 알았더라면 이 문제에 관해서 더 의심할 필요도 없었을 것이다. 이 얘기는 노인의 변덕, 일종의 농담 같은 거야. 헤르만은 거래의 무해함을 자신에게 납득시키기 위해 되뇌었다. 물론 노박사 슈뮐은 헤르만이 요구한 (정확히는 조수가 넌지시 제시한) 터무니없는 금액을 수락했다. 하지만 그는 '돈 많고', '괴팍하며', '변덕스러운' 노인 아닌가. 그러니 헤르만은 이제 와 못 하겠노라 발을 빼고 우스운 사람이 되든가 그 노인네가 원하는 물건을 만들어 주고 이 일로 한 번도 벌어본 적 없는 거금을 벌든가 양자택일을 해야 한다. 후자의 경우, 정도의 차이를 감안하더라도 그와 아들 파블로는 한두 가지 가벼운 사치를 누릴 수 있을 것이다.

헤르만은 늘 몽상에 빠지곤 한다. 담배를 한 대 피우고 싶지만 주위에 인화성 물질이 널려 있기 때문에 그럴 수 없다. 그는 니코틴 껌을 두 개나 입안에 밀어 넣는다.

그는 아들 파블로를 생각한다. 파블로는 새를 그려대는 것 말고는 온종일 아무것도 하지 않는다. 그의 공책에는 새들이 넘쳐난다. 볼펜으로 그린 까마귀가 수백 마리다. 원래 다른 집 애들과 비교하면 우리 애는 늘 신경질적이거나 좀 이상해 보이는 법이다. 그러자 자신의 어린 시절이 생각난다. 그도 어릴 적에는 좀 신경질적이고 이상한 아이 아니었나. 이제 그는 때맞지 않은 망상에 빠져든다.

그가 아직은 에르난이라고 불리던 시절에, 그는 멕시코에서 어머니, 할머니와 함께 라사로 카르데나스 폐차장 근처 오두막에 살았다. 폐차장 소음이 어찌나 심하고 끊이지 않았는지 이가 다 시릴 정도였다. 그건 마치 늘임표가 찍힌 음과도 같은 고통이었다. 어머니는 그 소리가 들리지

제대로 쓰이지 못한
재능

않는다고 했다. 그녀는 '다른 소리'가 들린다고, 금속이 갈라지고 터지는 소리보다 그 '다른 소리'가 훨씬 요란하고 심란하게 들린다고 했다. 에르난의 할머니는 손자가 태어나기 전까지는 라스 데 로사스 광장의 가판대를 능숙하고 권위 있게 운영해 왔지만 에르난의 어머니가 자꾸 헛것을 보고 밤낮없이 아무 때나 '상담실' 문을 두드리는 '환자들'에게 시달리다 보니 다른 할머니에게 가판대를 넘기고 육아를 도맡을 수밖에 없었다. 게다가 에르난의 어머니는 언제나 '작업에 들어갈 수 있도록' 그들의 누추한 집에 붙어 있던 헛간을 잠자리로 삼기에 이르렀다(작은따옴표로 묶은 말은 모두 어머니 입에서 나온 것이다).

그녀는 자신의 사명에 헌신해야 했다. 나와 같은 재능이 있는 사람은 그 재능을 묻어두거나 돈벌이 수단으로 삼을 권리가 없단다. 에르난의 어머니는 그렇게 말하곤 했다. 그들은 형편이 어려운 편이었고 집구석에 돈 들어오는 일은 없었다. 공물이랍시고 들고 오는 다양한 물건들—아직 신을 수 있는 신발, 라디오 수신기, 케사디야나 타말 같은 멕시코 전통 음식, 세제 통, 타이어, 꽃, 예쁘지도 않고 쓸모도 없는 온갖 잡동사니—에 힘입어 그럭저럭 살아갈 수 있었다. 어머니는 항상 에르난이 자기 능력을 물려받았다고 했고 아들은 거기에 설득되었다. 태어난 날부터 하루도 빠짐없이 그렇게 말하는데, 그 말의 내용이 뭐가 됐든 당연히 설득당하지 않겠는가. 어머니는 심지어 에르난이 '화폐에 박혀도 좋을' 옆모습을 지녔다고, 언젠가는 그의 초상이 동전에 들어갈 거라고 했다. 그가 아주 어렸을 때 어머니는 아들을 고물 유모차에 태워서 바닷가로 산책을 나가곤 했는데 그 유모차는 막시밀리아노 황제의 마차라도 되는 듯 요란하게 삐걱거렸다. 그녀는 에르난에게 분출하는 화산과 투칸 자수가 들어간 흰색 레이스 옷을 입히고 보란 듯이 방파제를 함께 거닐었다. 에르난은 바다에서 나는 소리, 지면 1미터 높이에서 톱으로 잘려 나가 껍질이 너덜너덜하게 벗겨진 캣타워를 닮은 죽은 나무들을 기억한다. 어머니는 그에게 말하곤 했다. 너는 달의 뒷면 같은 아이란다. 지구에 사는 사람들은 절대로 볼 수 없는 면 말이야. 사람들은 달의 뒷면을 보지 못하기 때문에 거기에 궁궐과 오아시스가 넘쳐난다는 걸 믿지 못해. 하지만 엄마는 알아.

　물론 그런 얘기가 머릿속에 박혀 있으면 동네 아이들과 어울려 노는 것을 삼가고 방에 처박혀 짚단 매트리스 위에 누워 있기를 더 좋아하게 된다. 어둠이 반쯤 드리운 방, 이불로 창을 가리고 천장에 떠오르는 얼굴들을 바라본

제대로 쓰이지 못한
재능

다. 충분히 오래 집중하기만 하면, 여섯 살밖에 안 됐다면, 적절한 조건화를 거치기만 하면 그림자들은 어김없이 움직이기 시작한다. 그는 장차 큰일을 하기로 되어 있는 아이였고 할머니도 그에 맞장구를 쳤다. 동네 아낙네들에게 에르난은 망자의 영혼을 인도하는 영웅이었다.

에르난이 좋아하는 일은 각종 기계 장치를 수리하는 것이었다. 할머니는 불이 들어오지 않는 스탠드, 작동이 되지 않는 장난감, 시간이 자꾸 늦어지는 시계, 그 외 여기저기서 그러모을 수 있는 모든 것을 손자에게 가져다주었다. 장사라기보다는 어린아이를 돌보는 하나의 방식이었다. 에르난은 뭐든지 꼼꼼하게 뜯어서 안을 들여다보고 진찰했다. 멎어버린 시계, 그 속의 세밀한 톱니바퀴와 축 장치만큼 그가 좋아하는 것은 세상에 없었다.

하지만 데 라 푸에라 할머니가 그들의 삶에 등장하면서 그 평화로운 시절은 막을 내렸다.

유난히 푸근하던 겨울의 유난히 푸근하던 어느 날, 데 라 푸에라는 자동차를 타고 어머니의 상담실을 찾아왔다. 흑인 운전사는 그동안 오두막 앞에 차를 세워놓고 기다렸다. 동네 꼬마들이 우르르 몰려와 운전사의 관심을 끌어보려고 주위를 맴돌며 용을 썼고 벤틀리에 한 번만 태워주면 안 되느냐고 졸라댔다. 그러나 흑인 운전사는 운전석에서 신문을 읽고 라디오를 들으면서 그 애들이 눈에 보이지도 않는 척했다. 데 라 푸에라는 병이 깊은 손자 때문에 영험하다는 소문이 자자한 샤먼을 찾아온 것이었고 과연 그 샤먼이 손자에 대해서 하는 말을 듣고 충격을 받았다. 실제로 에르난의 어머니는 한 번도 본 적 없는 그 소년에 대해서 많은 것을 알아맞혔다. 유별난 식습관(그 애는 초콜릿과 과일밖에 먹지 않았다), 아주 어릴 때 사고를 당했다가 가까스로 회복한 사연, 심지어 (멕시코 의사들이 내린 진단이 아니라) 그 아이의 진짜 병명까지도.

데 라 푸에라 할머니는 사흘 뒤 어머니를 다시 찾아왔다(번쩍번쩍한 자동차를 둘러싼 동네 조무래기들의 춤판이 또 한 번 벌어졌다). 이번에는 손자도 데리고 왔다. 그 소년은 곧바로 노래, 황홀경, 아야와스카,* 독말풀을 곁들인 특급 샤먼 의식에 들어갔고 불과 몇 주 만에 수수께끼 같은 병을 털고 일어났다. 데 라 푸에라 할머니가 세 번째로 찾

*   아마존에 서식하는 식물의 이름. 케추아어로 영혼의 덩굴 또는 죽음의 덩굴을 뜻한다. 강렬한 환각 및 영적 체험을 유발하기 위해 주로 음료로 만들어 마신다.

제대로 쓰이지 못한
재능

아온 것은 어머니에게 사례하기 위해서였다. 그러한 기적의 수혜자가 어찌 입 닦고 넘어갈 수 있겠는가. 샤먼은 잠시 생각에 잠겼다가 이윽고 자기 아들, 눈에 넣어도 아프지 않은 에르난이 멕시코시티에서 기숙학교에 다니게 해달라고 청했다. 그녀는 아마도 아들이 라사로 카르데나스 폐차장 근처에 처박혀 있으면 그 신묘한 재능을 제대로 펼칠 수 없으리라 생각했을 것이다.

에르난의 할머니는 일이 그렇게 된 것을 알고는―샤먼의 요청은 받아들여졌다―카라카라 새처럼 울부짖으면서 며칠을 몸져누웠다.

할머니 못지않게 에르난에게도 그 소식은 청천벽력 같았다. 그는 열두 살이었고 그 허름한 집에서 평생을 살며 어머니의 사업장을 물려받아 어떤 식으로든 시계에 대한 자신의 열정을 펼치게 될 줄 알았다. 심지어 언젠가 어른이 되면 그 오두막을 통째로 트럭에 옮겨서 라사로 카르데나스보다 좀 더 조용한 곳으로 떠날 생각까지 하고 있었다. 폐차장과 그 끔찍한 소음에서 멀어지고 싶긴 했지만 결코, 신께 맹세코 단 한 번도, 멕시코시티나 그 외 어떤 곳에 가서 살고 싶다는 생각은 한 적이 없었다.

그렇지만 에르난의 어머니는 막무가내였다. 꼬맹이

에르난은 사랑하는 두 여인을 떠나 멕시코시티 중심가의 프랑스 기숙학교에 들어가야만 했다. 소년은 추위와 슬픔으로 죽는 줄 알았지만 그 두 고난에도 죽지 않았고 어찌저찌 그 학교에서 4년을 보냈다. 라사로 카르데나스에는 여름방학에만 내려올 수 있었다. 어머니와 할머니는 노트르담 드 라 샤리테 학교의 군청색 교복을 입은 그를 메시아 영접하듯 맞아들였다. 에르난은 길을 잃은 기분이었다. 그는 더 이상 이쪽 사람이 아니었지만 저쪽 사람이었던 적은 한 번도 없었다. 그 4년의 시간과 에르난의 완만한 변모를 상세하게 기술할 수도 있지만 그랬다가는 얘기가 너무 멀리 나가고 말 것이다. 알아야 할 점은, 그가 열여섯 살이 되자 데 라 푸에라가 에르난을 프랑스로 보냈다는 것이다. 그게 노파 자신의 발상이었는지는 알 수 없다. 데 라 푸에라는 고전문학에 심취한 노파였으니 젊은이라면 누구나 빌헬름 마이스터*처럼 살기를 꿈꾼다고 생각했을지도 모른다. 아니면, 에르난의 어머니가 아들이 흉흉한 멕시코를

---

*　괴테의 『빌헬름 마이스터의 수업시대』에서 주인공 빌헬름은 유랑극단 생활을 계기로 넓은 세상과 다양한 인간관계, 크고 작은 실패를 경험하면서 교양을 갖춘 한 인간으로 성장해간다.

제대로 쓰이지 못한
재능

떠날 수 있도록 마지막으로 한 번만 더 호의를 베풀어달라고 청했을 수도 있다.

어쨌든 에르난은 파리에 도착했고 그의 고독한 성향, 애니미즘 취향, 꼼꼼한 성격은 바늘 가는 데 실 가듯 자연스럽게 그가 박제라는 일에 재미를 붙이게 이끌었다. '에르난Hernán'이라는 이름을 공식적으로 '헤르만Hermann'으로 바꾼 것도 그 무렵이다. 그가 파리에서 만난 사람들은 '에르난'이라는 이름이 존재한다는 것조차 몰랐고 그때만 해도 '독일의 정밀함'을 높이 평가하는 경향이 남아 있었기 때문에 알아서 그를 헤르만이라고 부르곤 했다(나의 중국인 친구도 자기 이름 덕분에 IT 엔지니어링 부서에서 언제나 환영받는다고 말하곤 한다. 하나 마나 한 얘기지만, 인간들이란 얼마나 한심해 빠졌는지). 그는 사람들의 실수를 바로잡기를 금세 그만두었을 뿐 아니라 그들이 애매한 오스트리아계 혈통을 상상하도록 여지를 주었다. 그로써 라사로 카르데나스의 허름한 집에 대한 추억과 그 집이 그의 마음속에 불러일으키는 그리움도 차츰 평온하게 가라앉았다.

다만, 우리의 헤르만이 페핑겐 화랑 공방에 홀로 남은 그 10월의 저녁처럼 기대에 부풀어 있을 때는 그렇지도 않았다. 그래서 그는 손뼉을 두 번 치고 심호흡도 한 번 하고 소리 내어 말한다. 자, 일하자. 그는 작업에 착수한다. 이 것이야말로 그가 가장 잘해왔던 일이니까. 어린 시절의 신기가 다 사라지지는 않았기에 불길한 예감은 어쩔 수 없지만 그는 못내 의심을 떨쳐내고 의뢰받은 동물의 목조 골격을 만드는 일에, 돈을 받으면 아들 파블로와 자신을 위해 어떻게 쓸까 하는 생각에 매달린다. 운의 방향이 바뀌었어. 그는 생각한다. 운은 결국 바뀌기 마련이다. 그는 자신의 아들이 아버지를 창작 역량이 절정에 도달한 사람으로 기억했으면 좋겠다고 생각한다. 그래서 완벽한 도도새를 구성할 부품을 하나하나 만든다. 화식조의 깃털 중 가장 좋은 것들을 골라내고, 물소 뿔을 손수 깎아 부리를 제작하고, 에뮤의 두 발을 몸체에 장착한다.

완성품이 어찌나 인상적이었는지 그는 기계장치 하나를 추가하지 않고는 못 배긴다. 키메라의 부리가 무작위로 벌어지면서 꽥꽥 울음소리가 나오는 장치를. 헤르만의 개인적인 표식이랄까. 어쨌든 그는 가짜를 만드는 게 아니다. 박제로 만들 수 있는 도도새가 지구상에 한 마리도 남지 않았다는 걸 모르는 사람은 없지 않은가. 그가 만든 도도새는 박물관에 전시할 물건이 아니라 어느 괴팍한 노신사의 집에 놓일 물건이다. 그러니 재미있고 신기한 디테일

133

하나를 더해도 문제가 되지는 않을 것이다.

하지만 키메라의 울음소리는—헤르만이 그걸 알았다면 크게 실망했을 텐데—딱 한 번밖에 울려 퍼지지 않을 것이다. 그가 시계 수리공으로서의 재능을 발휘하지 않은 지 너무 오래되었기 때문이다. 새의 울음은 단 한 번, 그토록 완벽한 박제품이 의뢰인의 집에 도착한 바로 그날 밤에 울려 퍼지고 영원히 멎어버릴 것이다. 보름달이 뜬 그 밤, 슈뮐 박사의 집에는 휘영청 달빛이 비칠 것이다. 박사는 4세기 전에 멸종한 도도새의 거친 울음에 놀라 자빠질 것이고 그의 오래된 심장은 그 충격을 버티지 못할 것이다.

한때 멕시코에서 신기가 영험한 아이였다고 해도 앞으로 무슨 일이 벌어질지는 꿈에도 모를 수 있다. 비결은 없단다, 사랑하는 에르난. 재능도 너무 띄엄띄엄 써먹으면 (시계공으로서의 재능이든, 샤먼으로서의 재능이든, 다른 무엇이 됐든 간에) 결국 무뎌질 수밖에 없어.

La montée des eaux

범람하는 물

젤리는 엄마가 차 안에서 담배를 피우는 게 싫다. 그럴 때마다 토할 것 같다. 그렇지만 감히 뭐라고 할 수는 없다. 아기가 옆자리에서 자고 있다. 엄마는 자기가 듣기 싫은 소리를 미리 틀어막기 위해서 항상 이렇게 말한다. 난 그래도 창은 열고 피우잖아. 엄마가 어릴 때는 어른들이 창도 안 열고 차 안에서 담배를 피워댔어. 날 봐, 그래도 안 죽어.

하지만 그 사람들은 죽었겠지. 젤리는 늘 속으로 생각한다.

엄마 특유의 예사롭지 않은 성질이 도질 때마다 젤리는 자기만 도라 할머니 집에 가서 살고 싶다는 소원을 빈다. 엄마에겐 안된 일이지만 그러고 싶다. 아기에겐 안된 일이지만 그러고 싶다. 비록 아기가 웬만큼 자란 지금은 젤리가 그 애 없이 사는 걸 더 힘들어할 테지만 말이다. 도라 할머니는 골동품 상점을 한다. 상점 진열창에 금색 글자로 그렇게 쓰여 있다. 젤리의 엄마는 콧잔등을 찡그리면서 "너네 할머니 폐물 가게"라고 하지만 말이다. 젤리는 할머니 가게를 좋아한다. 할머니 가게는 거울, 스카프, 모조석과 구슬, 엉킨 목걸이, 한 짝뿐인 귀걸이, 금빛 쿠션, 패물, 여기저기 넘쳐나는 부적들, 레이스 전등갓을 씌운 스탠드, 싸구려 장신구들을 너무 많이 걸어놓아서 휘어진 옷걸이가 점령하고 있었다. 어린 소녀와 나이 많은 할머니들에게는 이상적인 장소다.

엄마는 젤리의 열광에 찬물을 끼얹기 위해 대개 이렇게 짚고 넘어간다. 네가 거기서 보는 옷들은 다 죽은 여자 옷이야. 임자가 죽었으니까 그 옷들이 할머니 가게에 와 있는 거라고.

차에서 젤리의 엄마는 담배를 피우면서 눈물 흘린다.

젤리는 이 생일파티에 가고 싶지 않다. 하지만 엄마는 젤리가 그 파티에 꼭 가기를 바란다. 이번에는 엄마가 진짜 선물을 사놓았으니까. 가끔 엄마가 정말 돈이 없을 때는 이미 뜯어서 먹기 시작한 사탕 상자를 선물이랍시고 손

에 들려주고 자, 생일파티 가자, 한다. 젤리는 타는 듯한 수
치심을 일찌감치 배웠다. 젤리는 아직도 자기를 생일파티
에 초대하는 애들이 더러 있는 이유는 그 애들의 엄마가
자기를 다소 불쌍하게 보기 때문이라는 것을 안다. 젤리를
두고 어떤 협상이 오갔을지 그림이 그려진다. 젤리도 초대
해, 어렵게 사는 아이잖니. 그래, 그래, 알았어, 걔도 초대
하면 피냐타* 하게 해줄게.

　　젤리의 엄마는 오전 내내 전화기를 붙잡고 있었다. 처
음에는 아기 아빠에게 전화를 걸었다. 아기 아빠는 젤리의
아빠가 아니다. 젤리 아빠는 엄마의 '위대한 사랑'이었는데
위대한 사랑의 결실로 태어난다는 것은 참으로 운 좋은 일
이다. 엄마는 술잔 바닥에서 라임 조각이 허우적대는 칵테
일을 들이켠 저녁이면 이따금 젤리의 머리칼을 어루만지
며 그렇게 말한다. 젤리는 엄마가 칵테일을 마시는 저녁이
좋다. 그럴 때는 엄마가 무기를 내려놓고 편안하게 풀어지
면서 젤리와 아기를 예뻐한다. 술잔 속 얼음이 쩍 하고 금
가는 소리에 젤리는 마음이 놓인다. 그 소리는 아늑한 저

---

*　눈을 가린 채 사탕이나 과자가 가득 들어 있는 인형을 깨뜨려 안에 있
　는 것을 나눠 먹는 놀이, 혹은 그 인형을 가리킨다.

녁 시간을 약속하니까. 젤리의 아빠는 딸이 한 살밖에 안 됐을 때 죽었다. 아빠는 집 옆 공원에 러닝을 하러 가서 전망대로 연결되는 계단을 오르내리던 중에 심장마비로 쓰러졌다. 마라톤에 나가려고 연습하던 중이었다. 그 후로 젤리 엄마가 듣는 데서 러닝이나 그 외 모든 종류의 지구력 운동이 건강에 좋다는 말은 절대로 하지 않아야 했다.

그래서 오늘 아침 젤리의 엄마는 아기 아빠에게 전화를 했고, 통화는 으레 그렇듯 고성이 오가는 싸움으로 변했다. 엄마는 싸웠다 하면 어김없이 울음을 터뜨리는데 그건 어디까지나 분하고 원통해서 흘리는 눈물이지 슬픔의 눈물은 아니었다. 엄마의 울음에 불안해하고 위로하려 드는 젤리에게 엄마가 하는 말은 그랬다. 걱정할 필요 없어, 엄마는 하나도 슬프지 않아, 열불이 나서 그래. 젤리는 엄마가 그 남자에게 더 이상 전화를 하지 않기를 바랐다. 특히 주말의 시작인 토요일 아침에는 말이다. 그 안타까운 통화를 마친 후 엄마는 자신의 엄마, 그러니까 도라 할머니에게 전화를 걸었다. 엄마는 할머니하고도 소리를 고래고래 질러가며 통화를 했고, 그다음에는 자신의 가장 친한 친구에게 전화를 걸었다. 아마도 아기 아빠, 도라 할머니와의 통화를 상세하게 고자질하고 싶었을 것이다. 하지만 엄마 친구는 전화를 받지 않았다. 엄마는 친구의 음성사서함이 꽉 찰 때까지 몇 번이나 전화를 다시 걸어가며 장황한 메시지를 남겼다. 그러고는 펌프스를 신은 채로 까치발을 하고 초조하게 집 안을 왔다 갔다 했다. 층간 소음을 걱정해서인지 소중한 구두 굽이 상할까 봐 그러는지는 모르지만 엄마는 자주 까치발을 하고 걷는다. 엄마가 마침내 걸음을 멈추더니 젤리를 가만히 바라본다. 젤리는 평온이 되돌아오기를 기다리면서 소파에 미동도 없이 앉아 있었다. 하루가 이미 엉망으로 시작된 마당에 그게 과연 가능할까 싶었지만. 젤리는 누가 자기를 바라볼 때면 무의식적이고 반사적인 기능(호흡, 눈 깜박임, 수분 섭취, 음식 섭취) 전부가 지독히도 의식되고 힘이 들었다. 말 그대로 굳어버린다.

그것도 엄마를 짜증 나게 하거나 낙담시키는 재주라면 재주라나.

겁먹은 토끼 같은 얼굴 좀 하지 마.

젤리는 한시도 경계를 늦추지 않는다.

젤리는 토끼잠을 잔다. 아직 어린 아이가 그렇게 자는 건 이상한 일이다. 축 늘어져서 누가 업어가도 모르게 곯아떨어지는 아이들의 잠과는 전혀 다르다. 젤리는 아기를 보살피고 엄마를 보살핀다. 젤리가 '아기'라고 하면 엄마는 꼭 토를 단다. 네 동생도 이제 아기는 아니야. 하지만 젤리는 나이를 개월 수로 따지는 동안은(젤리의 남동생은 생후 20개월이다) 아기가 맞다고 생각한다. 그리고 젤리도 아빠가 세상을 떠났을 때 아직 아기였다.

젤리는 차창 밖을 바라본다. 교외의 풍경이 음울하게 펼쳐져 있다. 오직 조립식 창고, 큼지막한 한자가 쓰여 있던 수출입 건물들, 빈터, 그리고 쇼핑 카트와 흉기로 가득 찬 운하가 있는 장소만이 이만큼 음울할 수 있을 것이다. 그녀는 이곳을 안다. 아동 돌봄 센터에서 이곳으로 자전거를 타러 온 적이 있다. 자전거 도로, 어린이 놀이터, 피크닉을 할 수 있는 잔디밭이 있다. 이론상으로는 멋지지만 실제로는 끔찍하다. 꼭 공산주의 같구나. 도라 할머니라면 그렇게 말할 것이다. 젤리는 아동 돌봄 센터를 좋아하지 않는다. 여러분은 이 아이가 좋아하는 게 별로 없다고 생각할 것이다. 그 생각도 일부분 맞다. 하지만 젤리가 똑바로 서 있기 힘든 이유는 부담스러운 통찰력에 짓눌려 있기 때문이다. 일 년에 한 번 신체검사를 받을 때마다 포레트 의사 선생님은 척추측만증과 척추후만증이라고 말하지만 말이다. 피크닉을 하는 잔디밭에는 진드기 유충과 깨진 유리 조각이 우글거린다. 그래서 젤리는 항상 멀찍이 떨어져 키친타월 두 장을 깔고 앉아 직접 만들어온 가염 버터 샌드위치를 먹는다.

운하는 열차가 지나가는 다리 아래로 흐른다. 올해 겨울에는 물이 많이 불어서 수면이 제방까지 올라와 있다. 물이 도로까지 범람한 곳이 더러 있다 보니 빨간색과 흰색 고깔들이 군데군데 놓여 있다. 자동차가 지나가면서 흙탕물을 크게 튀기면 행인들은 화들짝 놀라 물러나면서 욕설을 퍼붓는다. 거의 눈에 띄지도 않는 실개천이면 젤리도 좋아할 수 있을 텐데. 사나운 강의 근원이지만 아직은 한 걸음으로 뛰어넘을 수 있는 실개천. 도라 할머니가 그랬다. 어떤 사나운 강물이라도 시작은 가느다란 실개천이지. 너도 한 걸음으로 훌쩍 뛰어넘을 수 있는 실개천. 운하에서 범람하는 치명적인 누런 물과는 딴판이다. 지구가 아스팔트라는 설탕 옷을 입은 케이크 같다는 생각이 든다. 어떻게 지구는 그런 걸 두르고도 여전히 숨을 쉴 수 있을까?

젤리가 차창을 아주 조금 연다. 밖에서 배기가스 냄새, 물에 젖은 도로의 흡음재 냄새가 확 풍긴다. 젤리는 차창을 도로 올리고 아기를 들여다본다. 아기에게서 숲 내음, 땀내, 토한 우유 냄새, 보디 크림의 코코넛 향이 난다.

143

젤리가 가야 할 생일파티의 주인공은 같은 반 여자아이다. 그 아이 부모는 딸을 시내에 있는 학교에 보냈다. 이 동네 학교에는 믿음이 가지 않았던 모양이다. 어쩌면 젤리가 초대받은 이유도 거기에 있을 것이다. 말하자면 보험용 손님이랄까. 그 애 친구들의 부모는 토요일 오후에 이렇게 추레한 동네까지 애를 데려다주는 일이 달갑지 않을 것이다. 하지만 손님이 세 명 이하인 생일파티는 이미 실패한 파티다. 100퍼센트 완벽한 장소란 어떤 곳일까 생각해 본다. 머릿속에 떠오르는 것은 숲, 아니 오히려 숲속의 빈터다. 혹은 도라 할머니의 가게라든가.

엄마는 여전히 담배를 피우면서 꺼이꺼이 운다.

젤리는 선물 포장 안에 무엇이 들었는지 알고 싶지만 분노 어린 슬픔을 한창 쏟아내고 있는 엄마를 방해하기는 좀 그렇다. 직접 고르지 않은 선물을 들고 생일파티에 가서 주인공이 포장을 뜯어볼 때에야 비로소 내용물을 알게 되는 건 난처하다. 그저 선물이 괴상하거나(형태가 무너진 드림캐처) 실망스럽지(스도쿠 잡지) 않기를 바랄 뿐이다.

설상가상으로 비가 퍼붓기 시작한다. 와이퍼가 움직일 때마다 나는 끽끽 소리가 젤리를 불안하게 한다. 와이퍼가 힘들어하는 것 같고 폭우에 백기를 들 준비가 되어 있는 것만 같다. 젤리는 비 오는 날을 좋아하지 않는다. 비가 오면 젖은 모직물, 교정 치과 예약, 10월의 목요일 학교 운동장(그녀는 특정 요일에는 비가 더 자주 온다는 것을 알아차렸다), 비닐봉지 속에서 썩어가는 밤 냄새, 바닥에 놓아둔 우산들 때문에 지하철 바닥에 생기는 물줄기, 도라 할머니가 신문 부고란에서 너무 멋 부린 이름을 발견할 때 읽어주는 기사가 생각난다. 젤리는 그 여자아이의 생일파티에 가고 싶은 마음이 조금도 없었다. 와이퍼 소리가 거슬리긴 해도 차 안에 엄마와 아기와 함께 남아 있고 싶었다. 그게 그나마 상황을 통제할 수 있을 것 같았으니까.

나 정말 올랭프 생일파티 가야 해? 젤리가 묻는다.

엄마가 코를 풀어서 젤리는 똑같은 말을 한 번 더 해야 한다. 엄마는 듣고 있지 않다.

그래서 젤리는 다시 한번 묻는다. 그렇게 물어보면서도 자기 말이 의미 없는 빈 껍데기 같다. 빵 터뜨리는 데 실패한 농담을 굳이 설명하려 애쓰는 기분이다.

엄마는 대답하는 대신 고개를 흔들며 오른손으로 바깥 풍경을 에워싸는 몸짓을 한다.

생일을 맞은 친구 이름은 올랭프이고 그 친구는 바로 여기에 산다.

145

그 애는 자기 이름이 웃긴다고 여러 번 말했다. 아직도 그 문제를 극복하지는 못한 것 같다. 젤리는 자기 이름도 그다지 더 나을 바 없다고 생각한다. 모두가 쓰는 이름, 이를테면 에마 같은 이름이면 좋으련만.

엄마가 어릴 때는, 이 동네 거리에서 받아쓰기 대회도 하고 음악대 행진을 구경했단다. 지금은 총 맞지 않을까 조심해서 다녀야 하는 동네지만. 엄마가 말한다.

젤리는 "엄마가 어릴 때는"이라는 말을 들을 때마다 숨을 잠시 멈춘다.

엄마가 운전대 앞으로 고개를 내밀고 좁은 길로 차를 몰고 들어간다. 손바닥만 한 정원이 딸린 허름한 집 중 하나를 바라보며 말한다. 여기 같은데. 과연 노란색, 파란색 풍선들이 창살문에 매달린 채 세차게 쏟아지는 빗물을 맞고 있었다.

젤리는 파티에 가느니 차라리 눈에 드라이버를 꽂는 게 낫지 않을까 싶을 만큼 내키지 않는다. 아기의 손을 살짝 쥐고 손가락을 하나하나 펼쳐서 축축한 손바닥에 뽀뽀를 한다. 그러자 아기가 깨어났다. 아기는 차가 멈추면 꼭 깬다. 그래서 엄마는 아기가 깨어 칭얼거릴까 봐 기름이 다 떨어질 때까지 고속도로를 달리곤 했다.

젤리는 차에서 내린다. 엄마가 차 문을 열고 카 시트 벨트를 풀어서 아기를 옆구리에 단단히 안고는 뒷좌석에 굴러다니던 광고 책자 하나로 비를 막아준다.

엄마가 아기 데려가? 젤리가 깜짝 놀란다.

자동차는 창살문 바로 앞에 세웠다. 아기는 안전한 지붕 아래 있는 편이 나을 성싶었다.

엄마는 장을 봐야 해서 아기를 데려갈 수 없어. 올랭프 엄마에게 아기를 한 시간만 맡아줄 수 있는지 물어볼 거야.

그런 말이 무슨 의미가 있담. 젤리는 속으로 생각한다. 하지만 말없이 엄마를 따라나선다. 어차피 다른 선택지가 별로 없는 것 같다. 엄마가 창살문에서 벨을 누르고 젤리는 상황이 너무 부담스럽게 느껴질 때면 늘 그러듯 뒤로 살짝 빠진다. 나지막이 중얼중얼하느라 엄마가 올랭프 엄마에게 하는 말은 못 들었다. 이렇게 목구멍 뒤로 자그마한 소리를 내면 자신만의 세계에 몰입하는 데 도움이 된다. 이 방법은 매우 편리하다. 도라 할머니는 젤리가 이렇게 웅얼거리는 모습을 보면 고양이처럼 가르랑대는구나, 라면서 손녀가 진짜 고양이라도 되는 듯 귀 뒤를 쓰다듬어 준다.

엄마의 부탁이 통했다. 설득을 잘 한 모양이다. 아기

는 이제 올랭프네 엄마 품에 안겨 있다. 올랭프와 또 다른 여자아이 하나가 누가 왔는지 보려고 현관에서 빠끔하니 고개를 내민다. 하지만 젤리의 얼굴을 확인하자마자 냉큼 도로 들어간다.

엄마가 뽀뽀를 한다. 이따 보자. 엄마는 차에 오르고 바로 출발한다.

올랭프의 엄마는 굶어가며 살을 빼는 사람처럼 극단적으로 말랐는데 머리채는 풍성하다. 그렇지만 입에서 나오는 말은 평범하다. 자, 얼른 들어가자, 이러다 다 젖겠어. 젤리는 엄마가 깜박 잊고 선물을 챙겨주지 않았다는 것을 깨닫는다. 하지만 엄마는 보나 마나 이렇게 말할 것이다. 네가 알아서 챙겼어야지. 파란색 크라프트지에 싸여 있는 정체 모를 물건만큼 흐릿하기 짝이 없는 것을 어떻게 기억하고 챙기라는 건지. 그래서 젤리는 올랭프의 엄마에게 말해둔다. 차에 선물이 있는데 엄마가 깜박 잊었나 봐요. 올랭프의 엄마는 그런 일은 대수롭지 않다는 듯이, 누구에게나 어느 때고 있을 수 있는 일이라는 듯이 말한다.

걱정하지 말렴. 나중에 너희를 데리러 올 때 챙겨주시겠지. 그리고 올랭프는 이미 심하다 싶을 정도로 선물을 많이 받았단다.

젤리는 그게 무슨 상관인가 싶지만 더는 말하지 않는다.

집 안에 여자애들이 이미 와 있다. 얼핏 보기에 대여섯 명은 되는 것 같은데 젤리가 아는 얼굴은 올랭프뿐이다. 늘 그렇듯이 다른 애들은 친척이거나 동네 친구다. 올랭프의 엄마가 젤리에게 오렌지주스를 건네면서 현관에 있는 장에 외투를 놓고 신발을 벗고 들어오라고 한다. 재미있게 놀렴. 올랭프 엄마는 그렇게 말하고 아기를 옆구리에 걸쳐 안고 주방으로 들어간다. 주방에서 여자들 목소리가 왁자하게 들린다. 깡마른 몸매의 다른 엄마들이 싱크대에 기대고 서서 커피를 마시는가 보다. 그 엄마들은 전남편 흉을 보면서 깔깔댄다. 불평을 늘어놓는 것처럼 보이지 않기 위해 그들 자신의 잘못된 선택을 농담거리로 삼는다. 그래도 다른 여자들은 전남편이 (혹은 현 남편이) 개새끼라고 함께 분통을 터뜨려준다. 어머, 자기가 너무 고생한다. 이 엄마들도 젤리 엄마를 닮았을지도 모른다. 그렇지만 젤리의 엄마는 이들과 어울리기를 싫어한다. 엄마는 책을 읽거나, 제일 친한 친구와 함께 싸구려 백포도주를 들이켜면서 담배를 피우거나, 젤리나 아기와 함께 추리물 시리즈 보기를 좋아한다. 젤리 엄마는 자기 자신에 대해서 곧

149

잘 이렇게 말한다. 난 사이코패스인가 봐. 물론 젤리는 그게 무슨 뜻인지 잘 모른다. 엄마에게 설명해 달라고 했더니 이렇게 예를 들었다. 있잖아, 엄마는 네 나이 때 쉬는 시간에 운동장에 나가서 노는 것보다 교실에 남아서 납 활자 정리하기를 더 좋아했어. 그때는 학교 신문을 인쇄할 때 그런 활자를 썼거든.

모든 걸 따져보건대, 젤리 역시 하루에 두 번 있는 쉬는 시간에 누구와 마로니에 사이를 가로지르며 뛰어놀지 고민하기보다는 엄마처럼 활자 정리하는 일을 더 좋아했을 것이다. 근시와 약간 벌어진 앞니뿐만 아니라 이런 기질까지 엄마에게 물려받았나 보다.

주방에 아기가 들어오자 엄마들이 환호성을 지르고 아기 어르는 소리를 쏟아낸다.

젤리는 소파에 앉아 근처에 널브러져 있던 만화책 한 권을 집어 든다. 뭔가에 열중한 척하는 편이 낫다. 오늘의 생일파티는 한없이 길어질 것이다. 여자애 두 명이 거실을 가로질러 뛰어간다. 둘 다 목에 커다란 스카프를 묶었는데 쪼르르 뛰어다니면서 어깨 너머를 돌아보는 것이 스카프가 슈퍼히어로의 망토처럼 넓게 퍼져서 휘날리기를 바라는 모양이다. 젤리는 조금 놀란다. 젤리라면 절대로 남들이 보는 데서 저렇게 유치한 짓은 못 할 것이다. 올랭프는 그런 애들 놀이에는 끼지 않고 음악을 틀더니 젤리가 모르는 어떤 여자애 손을 잡고 제자리에서 폴짝폴짝 뛴다. 젤리는 올랭프를 가만히 지켜보다가 자리에서 일어나 주방으로 가서 자기 동생을 챙긴다. 아기는 참 잘생겼다. 눈이 아주 크고 눈동자는 전기가 일어날 듯 선명한 파란빛이다. 웃기는 또 얼마나 방긋방긋 잘 웃는지. 아기는 아직도 잠이 살짝 덜 깬 것 같은데 그래서 더 귀엽고 사랑스럽다. 아기는 젤리가 주방으로 들어오는 것을 보고 혀 짧은 소리(셀리셀리셀리)를 되풀이하면서 팔을 활짝 벌린다. 그 모습을 보고 엄마들은 또 마음이 녹는다. 아기는 이제 몸무게가 많이 나가고 얼마 전부터 걸음마도 하지만 젤리는 아기를 안아 들고 거실로 돌아간다. 아기는 양탄자에 내려놓자마자 좋다고 춤을 추기 시작한다. 여자애들이 달리기를 멈추고 다가와서는 아기의 환심을 사려 애쓴다.

네 동생이야? 젤리가 아는 여자애가 물어본다(젤리와 올랭프와 같은 반이고 이름은 파비올라 판치올라다. 그 이름도 어지간히 글러 먹었는데 이 아이는 자기 이름에 기분 나빠하지 않는다. 파비올라는 여태껏 젤리에게 말을 건 적이 한 번도 없다. 나이에 비해 체구가 작고, 학교에 올 때 어깨에 메는 책가방이나 백팩이 아니라 여자들이 보부상처럼 이것저것 쑤셔 넣고 다니는 쇼퍼백을 들고 온다. 특이 체질이나 괴짜 부모처럼 태어날 때부터 어쩔 수 없는 소소한 불리한 점들을 자신에게 유리하게 바꿀 수 있는 부류의 여자아이라고나 할까).

응. 젤리는 동생이 빙글빙글 도는 동안 대꾸한다.

너무너무 귀엽다, 너무너무 아기다, 너무너무 어쩌고저쩌고, 여자애들이 재잘거린다. 그들은 황홀해 자지러지고, 그렇게 황홀해하는 자기 자신을 사랑한다.

나도 이런 아기 하나 있으면 좋겠다. 한 아이가 말한다.

남동생이 있으면 좋겠다는 건지, 벌써 엄마가 된 자신을 상상하는 건지 모르겠다. 그때 젤리가 묻는다.

불이 났는데 한 방에 두 아이가 있어. 너라면 나이가 더 어린 애부터 구할래, 더 예쁘게 생긴 아이부터 구할래?

춤추는 아기의 마법이 무색하게도, 젤리의 질문에 분위기가 싸해진다.

넌 진짜 이상해. 올랭프가 말한다.

나도 알아. 젤리가 대꾸한다.

그래도 젤리는 남동생 곁을 떠나지 않고 놀아주는 여자애들과 어울리는 데 성공한 셈이다. 아기는 생일파티의 마스코트가 되었다. 아이들이 얼굴에 반짝이 조각을 붙여

주고 손톱마다 각기 다른 색깔의 매니큐어를 칠해주니 아기도 좋아서 어쩔 줄 모른다. 여자애들은 차례로 돌아가며 아기를 번쩍 안아 들어보고, 기분 좋게 살살 간질이기도 하고, 손목에다가 헬륨 풍선 줄을 묶어준다. 아기는 잘 웃는 거대한 인형 역할을 완벽하게 소화한다. 자기도 남동생이 있다는 한 여자아이가 (하지만 그 애 동생은 집에 있다) 권위적인 태도로 말한다. 난 아기를 볼 줄 알아. 그 여자애는 아기 손을 잡고 만화영화에 나오는 것 같은 말투로 소곤소곤 말을 걸고 아기가 사탕을 집으려 하자 질식할 수도 있기 때문에 먹으면 안 된다고 옆으로 치운다. 그러다 아이들이 싫증 날 때가 된다. 어쨌든 이제 선물을 뜯어보고 케이크를 먹을 시간이다.

여자애들이 거실에 몰려 있는 동안 젤리는 동생을 데리고 커다란 식탁 밑에 들어가 앉는다. 길게 늘어진 식탁보가 그들을 보호해 준다. 식탁은 애들 돌아다니기 좋게 한쪽 구석에 붙여놓았다. 아기는 아주 얌전하다. 비스킷 가루를 얼굴에 잔뜩 칠하고 오줌 냄새가 나는 아기가 이루 말할 수 없이 위안이 된다. 젤리는 벽에 기대어 두 다리 사이에 아기를 앉히고 동요를 나지막하게 흥얼거린다. 평소에도 자주 그러듯이 몸을 앞뒤로 가볍게 흔들면서 아기를

153

달래고 자기 자신을 달랜다. 그러다가 둘 다 스르르 잠이
든다.

여기 있구나, 하고 외치는 여자 목소리에 젤리는 잠이
깬다.

눈을 떠보니 뭐가 뭔지 모르겠다. 아기도 잠에서 깼
다. 여기가 어디인지 어리둥절한데 웬 여자가 식탁보를 걷
어 올린 채 웅크리고 앉아 있다. 그제야 젤리도 기억이 난
다. 올랭프, 생일, 춤추는 아기, 식탁 아래 작은 격리실. 여
자가 말한다. 거기서 나오렴. 하지만 짜증이 난 것 같지는
않고 되레 안도하는 목소리다. 심지어 손까지 내밀며 그렇
게 말한다. 분위기는 완전히 바뀌었다. 일단 소음이 아까
보다 확 줄어들었는데 그것 말고도 설명할 수 없는 뭔가가
있다. 아마 텔레비전에서 나는 소리, 그리고 아줌마 둘이
서 자기들끼리 소곤대고 있기 때문일 것이다. 젤리가 먼저
식탁 밑에서 나와 아기를 붙잡고 끌어내자 올랭프의 엄마
가 아기를 번쩍 안아 들었고, 남매는 다시 소파에 앉는다.
손님들은 다 가고 없다. 올랭프만 빈백에 앉아 만화영화를
보느라 젤리에게 눈길 한 번 주지 않는다. 하지만 알다시
피, 원래 그런 걸 볼 때는 최면에 빠진 것처럼 딴생각을 못
하는 법이다. 올랭프의 엄마가 무릎을 구부려 젤리와 눈높

이를 맞추고는 말한다.

일이 좀 생겨서 할머니가 데리러 오실 거야, 괜찮지?

젤리는 자기가 괜찮다고 대답을 해야 하는 건지 잘 모르겠다. 어쨌든 그냥 '네'라고 대답한다. 그러다 다시 묻는다. 엄마가 안 오고요?

올랭프 엄마의 얼굴이 흐려진다. 그녀의 머릿속에서 너무 많은 것들이 빨리 감기 한 영화처럼 획획 지나간다.

젤리가 한마디 더 한다. 할머니는 운전을 못 하는데요.

그 말이 올랭프의 엄마를 궁지에서 벗어나게 해준 것 같다. 이건 쉬운 얘기, 구체적이고 실생활적인 얘기니까.

할머니는 택시 타고 데리러 오실 거야.

그날 난생처음 택시를 탄 일은 젤리의 기억 속에 영원히 간직될 것이다. 올랭프의 생일날, 날씨가 몹시도 고약했던 날, 엄마의 차가 운하에 처박힌 날, 자기를 별로 좋아하지도 않는 친구의 생일파티에 아기까지 맡긴다는 엄마의 엉뚱한 발상이 아니었더라면 엄마와 동생을 한꺼번에 잃을 뻔했던 날. 그리고 젤리는 오랫동안 생각할 것이다. 일단은 도라 할머니의 가게 뒷방에서, 그 후에는 폭풍이 몰아치는 밤마다 어린 동생의 손을 꼭 잡고서, 나중에는 정신분석 상담실의 긴 의자 위에서, 슬픔과 죽음의 물

155

을, 그리고 자동차가 미끄러지면서 물속에 처박히는 그 순간을 생각할 것이다. 엄마가 자동차가 미끄러져 물속에 처박히는 것을 깨닫고 아기와 젤리가 여기 있지 않아서 다행이라고 안도하는 그 순간을. 엄마는 하느님 감사합니다, 했을 수도 있고 빌어먹을, 망했네, 했을 수도 있다. 나는 하느님 감사합니다 쪽으로 하겠다. 엄마가 그 순간 생각한 것은 젤리와 아기였으니까. 그날은 물이 너무 많았다. 눈물이고 빗물이고 죄다 넘쳐흘렀고, 젤리의 마음마저 넘쳐흘렀다. 물이 차 안으로 얼마나 득달같이 밀려드는지 손쓸 틈도 없었다. 더욱이 이미 녹초가 된 엄마가 무엇을 할 수 있었을까, 차는 그대로 가라앉았다. 젤리는 언젠가 자신의 염원이 너무 강력했기 때문에 엄마의 차가 운하에 처박혔다는 믿음을 겨우 거둘 수 있게 될 것이다. 숲속의 빈터, 혹은 도라 할머니의 가게처럼 완벽한 장소에 대한 염원이 너무 강력했기 때문에 그렇게 된 거라는 믿음을. 젤리는 언젠가 그런 유의 소모적이고 유치한 마법적 사고를 뿌리 뽑을 수 있게 될 것이다. 나는 젤리를 믿는다. 차 안에는 플라스틱 나부랭이들, 아기 카 시트, 뜯어보지도 않은 우편물이 있고 조수석 바닥에는 오래된 카세트테이프들이 나뒹군다. 빈 캔과 다 먹은 아이스크림 막대가 글로브박스 안에 있고, 트렁크 안에는 파란색 크라프트지에 싸인 정체불명의 생일 선물이 있다. 그리고 젤리의 마음은, 왜 아니겠는가, 언제나 파란색 크라프트지에 싸인 그 미지의 생일 선물과 비슷할 것이다. 소중하고 헤아릴 수 없는 그 무엇, 그렇지만 망가지지 않고 실망스럽지도 않은 그 무엇과.

범람하는
물

La reine du quartier

동네의 여왕

조와 릴리는 한 동네에서 자랐다. 동네는 그들의 것이었다.

조와 릴리는 그 동네를 구석구석, 모든 골목과 막다른 길까지 훤히 꿰고 있었다. 파란 거리, 빨간 거리, 노란 거리가 있었는데 색깔은 도로 포장에 사용되는 자갈, 모래나 시멘트, 산화철이나 반암과 관련이 있었다. 하지만 조와 릴리에게 거리 색깔은 약속 장소 지칭에 편리한 특징에 불과했다. 역 옆 빨간 거리로 와. 노란 거리 코코 할머니네 쪽에서 봐. 그들은 동네를 낱낱이 파악할 수 있는 요소들을 손에 쥐고 있었다. 거리 이름 하나 외우지 않고도 동네를 손바닥 들여다보듯 잘 알았다. 예를 들자면 금발 가족 거리가 있고(그 동네에는 금발이 많지 않았다. 릴리와 그 애 엄마는 금발이었지만 말이다), 네덜란드인 거리, 몰몬교 거리, 조의 엄마에 따르면 슬로베니아 집시들의 거리가 있었다. 샴쌍둥이 자매가 사는 골목도 있었는데 그 쌍둥이 중 하나는 팔이 한쪽밖에 없었다. 사실 그 애들은 샴쌍둥이였던 적이 없고 한 아이가 외팔로 태어났을 뿐이다. 그 자매는 한 몸으로 태어나 수술로 분리된 게 아니고 그냥 완전히 똑같지는 않은 쌍둥이였다. 그 골목에는 한밤중에 자기가 자고 있던 방에서 귀금속을 도둑맞은 할머니가 사는 초록색 집도 있었다. 실제로 도둑들은 부유하지 못한 그 할머니의 침실을 샅샅이 뒤졌지만 석영 시계와 럼주 한 병밖에 건지지 못했다. 중간에 그 할머니가 깼으면 어떻게 됐겠어? 조의 엄마는 선조에게 물려받은 불길함에 대한 감각을—그녀는 그리스계 혈통이다—십분 살린 극적인 말투로 물었다. BMW가 앞에 세워져 있는, 레바논 사람들의 반쯤 무너진 회색 집이 있었고—차는 번쩍번쩍하건만 집은 다 쓰러져가네, 조의 엄마는 알 만하다는 말투로 말하곤 했다—황무지 한복판에는 포르투갈 사람들의 집이 있었다. 그 집 중앙에는 말라비틀어진 나무 한 그루와 작은 시멘트 분수가 있었다. 소녀들이 네 살이었을 때는 세상 둘도 없이 근사해 보였던 그 분수가 열네 살이 되고 보니 허접하기만 했다. 너무 뚱뚱해서 침대에서 일어나지도 못하는 코코 할머니의 집도 있었다. 결국에는 기중기 같은 것을 동원해서 할머니를 집 밖으로 끌어냈는데 그 광경을 온 동네 사람들이 나와서 구경했다. 다운증후군 여자아이를 입양한 부부도 있었는데 그 일은 오랫동안 동네의 화젯거리였다. 그 부부는 마음씨 좋은 사람들이었을까, 골수 가톨릭 신자들이었을까, 아니면 도덕적 우월성을 세상에 과시하고 싶은 사람들이었을까? 파란색 덧창이 있는 아주 작은 집에 사는 알제리인 가족도 있었는데 조의 엄마는 그들을 '마그레브 사람'이라고 불렀다. 그러면서도 그 말이 그들을 불쾌하게 할 수도 있다는 듯이 늘 목소리를 한껏 낮추었다. 사실 동네 사람들의 출신은 두어 세대 위 조상까지 서로가 다 알고 있었지만 때로는 모르는 척했다. 수시로 재평가가 필요한 다섯 형제가 사는 집이 있었고(그 집에서 누가 제일 잘생겼는지 누가 제일 성격이 좋은지), 차고 문을 활짝 열어놓고 드럼을 치는 청년이 부모와 함께 사는 집이 있었다. 그 청년은 엄청나게 섹시했는데 원래 열여덟 살 청년은 열네 살 소녀들에게 그렇게 보이고는 하는 법이다. 소녀들은 팔짱을 끼고 그 집 창살문 앞을 몇 번이나 왔다 갔다 했다. 소녀들은 속닥거리면서, 쿡쿡대면서, 웃으면서 보도를

163

거니는 법을 안다. 그들의 비밀은 경이롭고, 그들의 욕망은 경이로우면서 비극적이다. 소녀들은 어떤 것의 경계에 서서 그들 앞에 펼쳐질 좁은 통로를 맨 먼저 헤치고 나아간다.

조와 릴리는 동네의 작은 여왕님들이었다.

특히 릴리가 그랬다.

조와 릴리는 집이 서로 가까웠고 불과 몇 달 간격으로 세상에 태어났다. 릴리는 5월생, 조는 9월생이다. 그래서 처음부터 릴리네 엄마는 자기 딸이 입던 옷가지를 조의 엄마에게 챙겨주었다. 그런 상황이 어린 시절 내내 계속되었다. 릴리는 나이에 비해 몸집이 컸지만 조는 성장곡선을 따라가기만도 벅찼다. 릴리 엄마는 수시로 조네 집 초인종을 누르고는 옷 가방을 내밀면서 이렇게 말했다. 이왕 줄 거라면 아는 사람한테 주고 싶어서요. 그녀는 미소와 함께 이 말을 덧붙였다. 마음에 안 들면 버리셔도 돼요.

엄마들끼리는 말을 놓지 않았고 호칭은 항상 '볼랑주 부인'과 '도니키즈 부인'으로 통했다. 릴리 엄마(볼랑주 부인)는 일을 하지 않았고 조 엄마(도니키즈 부인)도 공식적으로는 일을 하지 않는 것으로 되어 있었다. 조의 엄마는 남편이 운영하는 작은 건설 회사의 견적서와 청구서 작성을 전담했다. 조는 토요일 오후마다 엄마 아빠가 장부를 정리하는 소리를 들었다. 엄마와 아빠는 거실에 처박혀 일에 몰두했다. 아빠가 거실을 왔다 갔다 하면서 현장에서 적은 메모를 큰 소리로 불러주면 계산기, 요율표, 먹지로 무장한 엄마는 커다란 탁자 앞에 앉아 비서실장 겸 회계사 역할을 열심히 수행했다.

릴리네 아빠는 아내가 일하는 것을 원치 않았다. 이따금 아내에게 장신구를 그려달라고 하긴 했다. 릴리네 아빠는 시내에서 보석상 겸 보석세공사로 일했고 릴리네 엄마는 스케치에 재주가 있었다. 아빠가 엄마를 처음 만났을 때 엄마는 구두 상점에서 점원으로 일하고 있었지만 아빠는 엄마가 매일 예쁘게 단장하고 자기 아닌 다른 사람들을 위해 일하는 걸 못마땅해했다. 아빠는 엄마가 집에만 있기를 바랐다. 적어도 릴리가 생각하기로는 그랬다.

'보석상 겸 보석세공사'는 학년 초 가정환경조사서에 적어내기에는 참 그럴싸한 직업명이다. 하지만 조의 엄마는 릴리네 아빠에 대해서 이렇게 말했다. 그냥 평범한 장사 일이야, 포장하지 말라고 해, 정육점 주인이랑 똑같은 거라고.

릴리네 엄마에게는 독일인의 피가 일부 흘렀다. 그녀

는 키가 크고 금발과 균형 잡힌 몸매의 소유자였다('몸매가 균형 잡힌découplé', 말과 여성에게만 사용하는 이 맛깔나는 표현이라니). 반면, 조의 엄마는 키가 작고 깡말랐고 머리색이 거무스름했다. 그녀는 체구가 작은 여자가 기근에 더 잘 버틴다는 진심인지 농담인지 모를 말을 자주 했다. 평소 헬멧도 쓰지 않고 자전거로 이동하는 릴리네 엄마는 언젠가 자기는 금발이어서 차에 치일 일이 없다고 했다. 운전자들의 눈에 확 띄기 때문에 위험하지 않다나. 그래서 헬멧을 쓸 필요가 없단다. 길고 탐스러운 금빛 머리채를 바람에 휘날리기만 하면 되니까. 못생긴 여자들이 맨 먼저 죽고 그다음엔 갈색 머리가 죽고 늘씬한 금발 여자는 맨 나중에 죽는다고 믿어야 하나 봐. 조의 엄마는 그렇게 비웃고는 체구가 작은 여자가 기근이 왔을 때 더 잘 살아남는다는 자신의 가설로 넘어갔다. 몸뚱이를 작동시키는 데 필요한 에너지가 적으니 연비가 좋고 지속성을 믿을 수 있다는 것이다.

모든 점을 고려하더라도 조는 키 큰 금발이 되고 싶었을 것이다. 행여 기근이 들었을 때 비싼 대가를 치르더라도 말이다.

릴리로 말하자면 언제나, 심지어 아주 어릴 때부터도,

대단히 예쁘고 자신감이 넘치는 아이였다. 그러한 자신감은 천진난만하고 자연스러운 것이었기에 릴리의 매력을 한층 더해주었다. 어떤 피조물의 광휘에는 뭔가 신비로운 데가 있다. 그러한 광휘는 완벽하게 균형 잡힌 요소들의 조합—일종의 수학적 아름다움—보다는 오히려 부조화에 아스라하게 접근하면서도 결코 부조화까지 가지는 않는 조합에서 나온다. 지나치게 높은 광대뼈, 지나치게 숱이 빽빽한 속눈썹, 지나치게 도톰한 입술. 이 '지나침'의 누적이 그 주인공에게 알 수 없는 카리스마를 더해주는 것이다. 아름다움은 여전히 하늘이 내리는 은혜처럼 보인다. 그 의도치 않은 멋스러움, 너무나 불공평하고 불공정하게 타고나는 멋스러움이 우리를 매혹한다. 어째서 개는 그렇게 매력적인데 나는 그렇지 못한가? 어떻게 평범한 사람들의 가능성이 유전적으로 얽히고설켜 이토록 부인할 수 없는 아름다움을 만들어내는가? 릴리는 누구나 사진을 찍고 싶어 할 만큼 인상적인 아름다움을 지닌 소녀로 성장했다. 심지어 키 큰 금발 여자들을 거리끼는 조의 엄마조차도, 릴리가 6월의 일요일에 집 뒷마당에서 긴 다리를 쭉 펴고 햇볕을 쬐고 있으면 사진을 찍었다. 릴리의 그런 모습은 남겨야만 했다. 조는 친구가 예쁘다고 시샘할 수 없었다. 친구의 미모가 전염되는 것 같았기 때문이다. 조는 릴리와 나란히 거리를 거닐며 친구에게 시선이 쏠리는 것을 느끼는 게 좋았다. 릴리가 함께 걷고 있는 사람이 다른 누구도 아닌 자기였으니까.

조는 릴리네 집에 가는 게 좋았다. 친구네 집 정원에서 자기 집을 바라볼 때의 그 낯선 느낌이 황홀했다. 그건 마치 무심코 바라본 거울 속에 비친 자기 모습을 도무지 알아볼 수 없을 때와 비슷했다. 그 모습이 누구와 비슷한지 알아맞히려 할 때, 그게 만약 자기 자신이 아니라면 어떤 인상을 받았을지 짐작해 보려 할 때. 어릴 적에 조는 릴리의 방 창가에 서서 자기 집을 하염없이 바라보기만 할 수 있었다. 너 뭐 해? 릴리가 물었다. 구경해. 조가 대답했다.

조는 처음부터 늘 릴리와 함께였던 것 같은 기분이 들었다. 친구와 단둘이 지내온 것 같았다. 릴리는 흠이 없는 조개껍데기 같았다. 친구 입장에서 그보다 더 귀한 재산은 없었다. 조에게는 오빠가 한 명 있었지만 오빠는 여동생에게 관심이 없었다. 오빠는 주로 축구를 하며 시간을 보냈고 조를 '멍청이'라고 불렀다. 반면에 릴리는 무남독녀였다. 그 동네에서 외동은 릴리 하나뿐이었다. 애를 하나만 낳는 건 부잣집의 특징이다. 그게 아니면, 자녀 생산에 자기 몸을 갈아 넣고 싶지 않은 여성의 특징이든가. 어쨌거나 릴리와 조는 늘 떼려야 뗄 수 없는 단짝이었다. 아기 때는 정원에서 커다란 대야에 물을 받아놓고 함께 들어가 놀았고, 인형 놀이를 함께했으며, 조의 엄마가 관리하는 텃밭에서 달팽이를 주워다가 듣도 보도 못한 괴식을 만들었고, 잡지를 잘라서 방 벽을 도배했으며, 릴리의 엄마와 나란히 앉아 텔레비전으로 테니스 경기를 시청했다(릴리 엄마는 자기도 위대한 여성 테니스 선수가 되려고 한 적이 있다면서 멋진 로브 샷이 나올 때마다 프로처럼 감탄을 쏟아내곤 했다). 릴리와 조는 수요일마다 함께 만화영화를 보면서 초콜릿 땅콩 과자 한 봉지를 정확하게 반반 나눠 먹었고(한 봉지 안에 든 과자 개수가 홀수일 때는 마지막 한 알을 반으로 쪼개서 나누었다), 함께 쿡쿡대면서 장난 전화를 걸었으며, 중학교에 가서는 둘 다 독일어를 제2외국어로 선택했다.

릴리는 엄마에게 흐르는 독일인의 피 때문에 다른 선택의 여지가 없었고 조는 릴리와 같은 반이 되고 싶었기 때문에 선택의 여지가 없었다. 결국에 독일어를 좋아하게 된 사람은 조였다. 릴리는 정반대였다. 조는 오직 게르만어의 구성만이 표현하고자 하는 미묘하고 복합적인 감정의 세계를 발견했다. 기쁨, 후회, 슬픔 같은 감정은 진정으로 믿기지가 않았다. 그렇게 단순한 감정은 믿을 수 없었다. 조가 좋아한 것은 '벨트슈메르츠Weltschmerz',* 현실 세계가 자신이 바라는 모습의 세계와 근본적으로 다르다는 것을 깨달을 때 엄습하는 무력감이었다. 그녀는 타인의 불행을 기뻐하게 되는 '샤덴프로이데Schadenfreude'**가 무엇인지 알고 있었고, 누군가를 사랑하면서도 그 사람을 잃어가고 있는 느낌을 지칭하는 단어가 있었으면 했다. 그녀는 '천장 조명이 지나치게 쨍할 때 밀려드는 슬픔', '더운물에 몸을 담갔다가 나올 때의 께느른함', '감기에 걸려 잠옷 차림으로 꼬박 하루를 보내는 기쁨', '(자기가 키우는 동물 냄새에는 그토록 위안을 느끼는 반면) 남의 집 반려동물 냄새에 치밀어오르는 욕지기' 등을 가리키는 단어들이 존재하기를 바랐다. 오직 게르만어의 어휘만이 그녀에게 모든 것을 제공할 수 있을 성싶었다.

조는 릴리와 자기 중 어느 한 사람이 그들의 이야기를 쓴다면 그 사람은 자기일 수밖에 없다는 것을 알고 있었

---

* '세계'와 '고통'이 합쳐진 말로 세계에 대하여 느끼는 고통, 염세를 뜻한다.
** '불행, 고통'과 '즐거움'이 합쳐진 말로 타인의 불행이나 실패를 은근히 기뻐하는 심리를 가리킨다.

다. 그녀가 읽은 모든 책에서 화자는 덜 반짝이는 인물이었으니까. 덜 예쁘고 소심하며, 가슴 뛰는 인생을 살 '가능성'이 훨씬 낮은 인물. 인생이 두근두근 가슴 뛴다면 그냥 살면 되지 글을 왜 쓰나. 그 삶을 이야기하는 역할은 다른 누군가가 맡을 것이다. 화자는 이야기의 주인공이 아니다. 숱한 영화와 책이 조에게 그것을 가르쳐주었다. 그녀는 주인공이 아니었다. 무엇이 중요하랴. 주인공과 '함께하는' 사람이 그녀인데. 조의 집과 릴리의 집이 서로 마주 보고 있는 것은 결코 우연이 아니었다. 까마득한 태곳적부터, 우주의 운행에 새겨진 일이었다. 그들은 전생에 자매였다. 그리고 그들의 삶을 서술하는 작은 목소리는 조화의 양적 법칙에 따라 응당 그녀일 수밖에 없었다. 한쪽은 삶을 살고, 다른 쪽은 관찰하고 기술한다(때때로 조는 게르만적 미묘함을 망각하고 이분법적 세계에 덜미를 잡힌 어린 소녀로 되돌아가곤 했다). 아무튼, 자신의 삶을 바깥에서 바라보는 이 성향을 어떻게 써먹을 수 있었겠는가? 성가시게 따라붙는, 참기 어렵고 편파적인 작은 목소리로 도대체 뭘 할 수 있었겠는가? 그 작은 목소리를 어떻게 장점으로 둔갑시킨단 말인가?

그 조화로운 균형은 관공서 게시판과 전신주 여기저기

171

에 나붙은 벽보들을 발견한 그날까지 지속되었을 것이다. 동네에서 무슨 촬영이 있을 거라나. '그들의' 동네에서. 이렇게 흥분되는 이벤트는 500년 만이었다. 빵집에서 들은 말로는 영화감독이 이 동네 출신이라고 했다. 최근 몇 작품으로 대단히 주목을 받은 감독인데 자기가 어릴 적 살던 곳을 찍고 싶어 한다나. 이 동네는 그 후로 사실상 변하지 않았기 때문에, 누구나 영감이 시들해지면 사로잡히기 마련인 노스탤지어에 그 감독은 얼마든지 심취할 수 있을 터였다. 살짝 빈정대는 듯한 이 말은 신문 가게 아저씨가 덧붙인 것으로, 아저씨는 자기 눈은 속일 수 없다고 거들먹거렸다.

벽보에 따르면 새학기 초에 장편 영화 촬영이 시작되고 촬영분 일부는 릴리와 조가 다니는 학교에서 찍을 계획이었다. 그리고 동네 주민들을 대상으로 캐스팅을 실시한다는 얘기도 있었다. 그 감독은 직업 배우는 두세 명만 쓰고 나머지 배역들은 완전히 새로운 얼굴들로 채우는 것으로 유명했다. 그는 평소 하던 일을 스크린에서도 보여주는 인물들을 유별나게 좋아했다. 그가 추구하는 것은 자연스러움이었다. 섬세하다고 할지, 겉멋이 들었다고 할지? 신문 가게 아저씨는 짐짓 솔직한 척 질문을 던졌다.

모두 자기 집 우편함에서 설명회를 공지하는 우편물

을 발견했다. 설명회에는 감독, 주연배우 두 명, 제작자가 참석한다고 되어 있었다(하지만 제작자에 관해서는 아무도 궁금해하지 않았다).

게다가 공지에는 감독이 다수의 엑스트라뿐만 아니라 대사 있는 역할을 맡을 신인 배우 여덟 명을 찾는다고 나와 있었다.

조와 릴리는 기쁨을 주체하지 못해 쓰러질 뻔했다. '약간 겁나는 사건이 코앞에 닥칠 때 느끼는 흥분과 두려움이 뒤섞인 기쁨'이 그에 적합한 게르만식 표현이려나. 두 소녀는 그들이 함께 오디션에 지원하는 것이 얼마나 중요한지 엄마들을 설득할 수 있으리라 믿어 의심치 않았다. 하지만 릴리의 아빠는 조심성 있는 사내였던 만큼 자기 딸의 미모를 황홀해하는 동시에 불안해하기도 했다. 눈치가 빨라야 할 터였다. 그런데 눈치 빠르기로는 릴리만 한 아이가 없긴 했다.

조와 릴리는 온 동네 사람들과 마찬가지로 다목적 홀에서 열리는 설명회에 참석했다. 둘은 한껏 꾸미고 갔고, 그건 온 동네 사람들이 마찬가지였다. 소녀들은 몸단장에만 두 시간이 걸렸다. 새로 산 화장품들을 시험 삼아 써보고 나서 화장을 다 지우고 처음부터 다시 했다. 둘은 서로 예쁘다고 감탄하고 격려했지만 결국 다시 평소 하던 대로 화장을 했다. 그들은 다소 무턱대고 나아가는 중이었다. 그게 바로 청소년기의 특성 아닌가. 아직은 모든 것이 유동적이고 꼴이 잡혀 있지 않기 때문에 주무르면 주무르는 대로 빚어지는 때.

릴리의 엄마로 말하자면 그날 일부러 미용실에 들렀고 평소보다 보석상을 일찍 닫은 남편의 팔짱을 끼고 등장했다. 촬영이 실제로 진지하게 진행된다는 것을 보여주어야 가장을 설득하기가 용이할 터였다. 그것이 릴리의 오디션 지원을 허락받기 위해 모녀가 구사한 암묵적 전략 중 일부였다. 조의 엄마는 평소와 다름없는 차림새로 이웃집 아줌마와 함께 참석했다. 아빠는 현장에 가 있느라 나중에야 작업복 차림 그대로 손과 머리칼에 페인트를 묻히고 나타났다.

조는 그날 저녁 가족들과 최대한 거리를 둘 작정으로 릴리 옆에만 딱 붙어 있었다. 소녀들은 굉장히 일찍 도착했기 때문에 맨 앞줄에 앉을 수 있었다. 제작자와 감독이 영화에 거는 포부에 관한 말은 소녀들의 귀에 들어오지 않았다. 두 남자는 현실, 참여, 진실에 대해서 말했다. 그들은 유능하고 믿을 수 있는 사람들로 보이기 원했지만 그들의 연설이 불러온 결과는 유쾌하지 않았다. 소녀들의 시선은 주연배우에게 꽂혀 있었고, 그 배우는 거만한 표정에도 불구하고 릴리를 상대적으로 지그시 바라보는 듯했다. 사실 그건 거만하다기보다는 지루해하는 표정이었다. 그는 다리를 꼬고 앉아 한쪽 팔꿈치를 허벅지에 괴고 손으로 턱을 받친 채 생각에 잠긴 건지 시무룩한 건지 모를 얼굴을 하고 있었다. 소녀들은 그가 숨 막히게 멋있다고 생각했다.

이틀 뒤 릴리의 엄마가 두 소녀를 오디션장에 데려다주었다. 오디션장도 다목적 홀이었다. 무슨 일이든 항상 다목적 홀에서 이루어졌다. 그때가 6월이었다. 방학이 가까워서 수업도 거의 없었다.

남자 셋과 구색을 맞추기 위한 여자 한 명 앞에서 소녀들은 모두 끼익 소리가 나는 주황색 플라스틱 의자에 앉아 제자리에서 한 바퀴 돌아 보이고, 탄성을 지르고, 요구받은 동작을 하고, 대사 비슷한 것을 읽고, 이런저런 질문에 대답했다. 커서 무슨 일을 하고 싶니? 학교에서 제일 좋아하는 과목은 뭐지? 여유 시간에는 뭘 하면서 보내는지? 카메라 앞에서 남자하고 키스할 수 있겠어? 물론 릴리는 단연 눈부셨다. 조는 어설펐고 너무 위축된 나머지 어휘를 조금도 자신 있게 구사하지 못했다.

오디션이 끝난 후 둘은 홀에서 결과 발표를 기다렸다. 다른 배우 지망생들과 릴리 엄마도 그 자리에 있었다. 제작 어시스턴트가 나와서 대사 있는 역할을 맡게 될 지원자 8인의 명단을 불렀다. 조의 이름이 불렸을 때(알파벳 순으로 당연히 도니키즈가 볼랑주보다 먼저이므로) 두 소녀는 이제 됐다 싶어 손을 맞잡고 깍지를 꼈다. 그들은 조가 여덟 명 안에 들지 못할까 봐 그렇게나 마음을 졸였던 것이다. 그러나 어시스턴트 청년이 홱 돌아서자(그는 지원자들에게 합격 통보나 하는 막내 역할을 달가워하지 않았다) 릴리는 망연자실해서 엄마를 쳐다보았다. 나는? 릴리가 물었다. 릴리 엄마가 당장 일어나 문간에서 어시스턴트를 붙잡았다. 청년은 어깨를 으쓱해 보이고는 비아냥대듯이 말했다. 주님의 높으신 뜻을 어찌 헤아리겠습니까. 어시스턴트는 그 말만 남기고 가버렸다. 그날 주님의 뜻은 동네의 여왕을 찾는 게 아니었던 모양이다.

조는 지금도 이 이야기를 하면서, 다리 밑으로 물이 흘러가듯 세월이 그렇게 흘렀는데도, 강렬한 기쁨을 순식간에 밀어낸 죽을 듯한 괴로움을 기억한다. 릴리의 얼굴이 일그러졌다. 조는 그런 릴리를 바라보면서 공황에 빠졌다.

우리가 가서 얘기하자, 저 사람들에게 설명하면 돼. 조의 입에서 앞뒤도 안 맞는 말이 튀어나왔다.

무슨 설명을 해? 릴리가 매몰차게 대꾸했다.

조는 그 순간 신속하게 떠나가는 느낌이 들었던 그 어떤 것을 아직은 구할 수 있다고 생각했을지 모른다. 릴리의 실망이 그들의 우정에 흠집을 내지는 않을 거라고, 유년의 빛나는 섬유들이 늘어지다가 끝내 끊어지지는 않을 거라고 생각했을지 모른다.

릴리의 엄마에게는 이미 준비된 설명이 있었다. 조는 이때 들은 말을 몇 달 내내 곱씹을 것이다. 릴리 엄마는 자기 딸 앞에 쪼그려 앉아 조는 얼굴이 평범하기 때문에 캐스팅된 거라고 했다. 그러고는 이 말을 덧붙였다. 어째 감독이 진짜 존재감 있는 인물을 찾는 건 아니구나 싶더라니.

릴리는 벌떡 일어나 홀에서 뛰쳐나갔다. 조가 뒤따라 나가려는데 릴리 엄마가 그녀의 어깨에 손을 얹었다. 내버려둬, 릴리도 받아들일 시간이 필요해.

그러나 릴리는 받아들이지 못할 것이다. 그 애는 더 이상 조의 전화를 받지 않았고 조가 집 앞으로 찾아와도 엄마를 통해 아프다는 말만 했다. 릴리 엄마는 정원까지만 나온 채 창살문 뒤에 서서 조에게 그 말을 전했다. 창살문은

177

참으로 새까맣고 윤이 나고 뾰족했다. 5월의 어느 일요일에 릴리 아빠가 그 창살문을 새로 칠하던 때, 조와 릴리는 일손을 보태는 둥 마는 둥 하다가 음악을 들으면서 햇볕이나 쬐겠다고 내뺐었다. 그게 벌써 수 세기 전에 일어난 일처럼 아득했다.

일주일이 지나고서 조는 자기 엄마에게 말했다. 나 그거 안 할 거야.

뭘 안 한다는 거야? 엄마가 파이 반죽을 깐 틀에 정원에서 따온 체리를 꼼꼼하게 채우면서 물었다. 주방 창문이 열려 있어서 볼랑주 가족의 집 지붕 일부가 보였고—오, 맙소사, 벌써 릴리네 집이 아니라 볼랑주 가족의 집이 됐구나—그달은 6월이었다. 언제나 그랬듯이 6월은 약속이었고, 햇살이 눈부시게 빛났다. 씻고 나온 듯 말간 햇살에 모든 것이 선명하게 2차원으로 보였다, 배경에 걸리는 것 하나 없었고 흐릿함이라고는 없었다. 제비들의 울음소리가 들렸으며 그 새들이 리드미컬하게 날아오르는 것을 짐작할 수 있었다. 잔인하리만치 완벽한 6월의 어느 날이었다.

난 그 영화 안 한다고 말할 거야.

조의 엄마가 손짓을 멈추고 딸을 바라보았다. 네가 그

러고 싶으면 그렇게 해.

엄마는 하던 일로 돌아갔고 이 말을 덧붙였다. 그런다고 네 친구가 돌아오진 않을 거다.

조가 영화 촬영팀에게 자신의 결심을 알리자 그들은 조를 설득하려 들었다. 감독이 그녀를 정말 마음에 들어한다고, 그녀가 영감을 준다고, 감독이 표현하고 싶은 이 동네의 모습을 그녀가 잘 나타낸다고 했다. 그러나 조는 재미 삼아 오디션을 봤을 뿐이고 자기보다는 릴리 볼랑주가 더 잘할 거라고 말했다.

촬영팀은 친절하게 그건 조가 신경 쓸 사안이 아니라고 대꾸했다. 그러고 나서 그들은 세상에 둘도 없이 중요한 그들의 일로 돌아갔다.

두 소녀가 얼굴 한 번 보지 못한 채 여름이 다 갔다. 릴리와 그 애 엄마는 두 달간 조부모님 댁에 여름휴가를 보내러 갔다. 조는 여느 해 여름과 마찬가지로 보름 동안만 부모님과 함께 대서양을 면한 바닷가 셋집에서 지냈다.

새 학년이 시작되는 날, 조는 여름 내내 잠들어 있다가 비로소 깨어나 머리카락과 깃털이 가득 찬 베개에서 머리를 들어 올리는 기분이 들었다. 그녀는 공들여 등교 준비를 했다. 하지만 릴리는 학교에 오지 않았다. 그 애는 아빠 엄마를 졸라 기어이 다른 학교로 전학을 갔던 것이다. 영화 촬영은 몇 주간 계속되었다. 그것이 가을의 빅 이벤트였다. 만약 조가 너무 뜨거운 초콜릿 음료를 마셔서 마비된 혀끝처럼 감각이 없는 상태가 아니었다면 기분이 몹시 나빴을지도 모른다.

그때부터 릴리를 그 애 방 창문으로 얼핏 스치는 모습으로밖에 보지 못했다. 릴리도 자기 엄마처럼 자전거를 타고 어디를 갈 때마다 길고 탐스러운 금발을 망토처럼 휘날리곤 했다. 조는 릴리가 자전거를 그 집 벽에 기대놓는 모습을 지켜보았고 그 집 개가 같이 놀자고 성가시게 짖어대는 소리를 들었다. 릴리는 그해 여름에 하얀 개 한 마리를 선물 받았는데 이름은 네메시스였다. 조는 참 이상하다고 생각했다. 개 이름이 두 음절 이상이면 긴급하게 불러야 할 때 거치적거리지 않나. 그렇지만 조는 릴리가 정원 깊숙이서 개를 부르는 소리를 듣곤 했다. 릴리는 단전에서부터 끌어올린 소리로 그 이름을 부르기를 좋아하는 것 같았다.

조와 릴리는 그 후로도 끝내 말을 섞지 않았다.

그 후로 오랫동안 조는 사람을 잘 사귀지 못했다. 동

네를 떠나 2년제 전문대학에서 영업 관리 자격을 취득했고, 여자와도 살아보고 남자와도 살아봤지만 다시 혼자 살게 되었다. 그녀는 인간관계에 결코 깊이 들어가지 않았고 바로 그런 이유로 비난을 받기도 했다. 그녀에게는 일종의 거리감, 냉랭함, 이기적인 구석이 있다나. 사람들은 애매한 증상만 보고도 너무 빨리 진단을 내려버린다. 조의 거리감은 딴 건 몰라도 이기심과는 전혀 상관이 없었다. 내가 감히 말하자면, 그것은 불안과 교배된 극도의 신중함으로 봐야 한다.

부동산 중개소에서 함께 일했던 전 직장 동료 에바 코파와 동업을 하면서 조는 비로소 누군가에게 다시금 길들여지기를 받아들였다. 두 여자는 함께 찻집을 열었다. 처음에 조는 에바를 단순한 사업 파트너로만 보려고 했다. 반면에 에바는 애초에 사생활과 찻집 운영 사이에 뚜렷한 경계를 그어놓지 않았다. 에바의 딸 로즈는 일요일 브런치 시간마다 어김없이 나타나 일손을 거들었다. 로즈는 고급 레스토랑의 요리사였는데 엄마를 돕기 위해 미니 과일파이를 만드는 일을 즐기는 듯했다. 나한텐 이게 쉬는 거예요, 하고 로즈는 말하곤 했다. 에바와 함께 사는 남자 오귀스트도 거의 매일 찻집에 들렀다. 그는 뭐라도 도움이 되고 싶어 했지만 워낙 행동이 서툴러서 조가 하나하나 수집한, 깨지기 쉬운 찻주전자들로부터 멀리 떨어뜨려 놓아야 했다. 그리고 에바의 오빠가 있었다. 감방에도 갔었다는 웃기는 남자. 이 오빠라는 사람은 테라스에서 커피를 마시면서 경마 잡지를 탐독하곤 했는데 그런 점이 압도적으로 여성이 다수인 평소 손님들과는 달랐다(남자들은 왜 찻집에 가기를 그토록 겁내는 걸까? 남자들끼리 초콜릿 케이크를 나눠 먹으면 체면이 구겨지기라도 하나? 조는 종종 의아해했다).

조는 이따금 에바의 삶에 침범당하는 기분이 들기도 했다.

그러다 어느 날 아침, 웬 남자가 찻집에 불쑥 들어와서는 이 동네 상점들을 소개하는 책자를 만들려고 한다고 설명했다. (과거에는 악명이 자자했던 도시 변두리의 세 거리 사이에 낀) 그 동네는 얼마 전 발리니 마을이라는 새 이름을 얻은 참이었다. 발리니 마을은 상점가였고 아기자기한 매력이 있었다. 조는 가끔 궁금증이 일었다. 카페의 테라스마다 넘쳐나는 이 손님들은 누굴까, 발리니 마을이 뜨기 전에는 다들 어디에 있었을까, 이제부터 이쪽에 자리잡기로 하면서 어떤 카페 테라스를 버리고 왔을까. 남자는 상점과 관계자 들의 사진을 찍어서 작고 예쁜 기념 책자를 만들 거라고 했다. 그 책자는 이 동네 상점들에서 판매될 것이고 치즈 가게, 꽃집, 장난감 가게, 여러 미용실이 실릴 예정으로……. 알겠어요, 조가 그쯤에서 남자의 말을 끊었다. 취지는 이해가 갔다. 조는 그 아이디어가 잘 먹힐지는 모르겠다고 덧붙여 말했다. 하지만 마침 그때 장을 본 식재료를 들고 가게에 도착한 에바는 책자 얘기에 열렬히 환호했다. 남자는 기분이 좋아져서 말을 더 보태려 들었다. 다들 두 분이 이 동네의 여왕님들이라고 하시던데요. 이 표현에 조는 움찔하며 눈썹을 찡그렸다.

에바가 깔깔 웃으면서 말했다. 어머, 난 모르겠고 조는 동네의 여왕 맞아요. 사람들이 조를 얼마나 좋아하는데요. 이 친구는 신비롭고 우아한 면이 있죠. 다이아몬드 왕관만 안 썼지 여왕님 맞아요.

조는 어이가 없어서 눈알만 굴렸다.

그런데 본인은 그걸 몰라요. 에바가 사 온 물건들을 풀면서 덧붙였다.

그날 이후로, 갑자기 각성한 조는 에바와 그 주위를 맴도는 사람들 옆에서 발랄함과 경쾌함을 되찾았다.

마치 아주 오래된 무엇이 다시 떠오른 것 같았다. 더께가 쌓였거나 아예 잊혔던 그 무엇이. 서랍장 뒤에 처박혀 있던 티스푼 한 개, 한 세트를 이루지 못하게끔 딱 하나 빠져 있던 그 티스푼 같은 것이 다시 돌아왔다. 그리하여 삶의 맹점은 멀리 물러났고 그렇게나 우악스러웠던 박탈도 이제 아주 희미한 욱신거림밖에 남지 않았다. 가끔 조는 어릴 적 동네에서 찍은 영화에 자신이 출연하기를 포기하지 않았다면 인생이 어떻게 달라졌을까 생각했다. 그녀는 총기에 난사당한 듯 아팠던 십대 시절의 마음을 생각했다. 그리고 매일 아침 스쿠터를 탈 때마다 릴리에게 말 걸기를 마침내 그만두었을 때, 머릿속의 작은 목소리가 따지고 변명하고 주장하기를 그쳤을 때, 그리고 자신의 커다란 분노와 커다란 슬픔이 스르르 풀어져 악천후가 물러난 하늘에 흘러드는 뭉게구름이 되었을 때, 그때 조는 릴리가 영원히 사라졌음을 알았다.

이 책(원제 『우리네 불완전한 인생을 위하여 *À nos vies impar-faites*』)은 프랑스의 작가이자 출판 편집자인 베로니크 오발데가 2024년에 발표한 단편소설집으로, 그해 공쿠르 단편소설상을 수상했다. 여기 수록된 여덟 편은 독립적으로 읽을 수 있지만 각 이야기의 중심인물들이 어떤 식으로든 서로 이어져 있는 연작소설이다.

원제에서 미루어 짐작할 수 있듯이, 이 인물들은 눈부신 삶을 영위하기보다는 오히려 불완전하고 결핍된 삶의 면면을 보여주며, 자기에 대한 확신이 부족하다. 스스로 불운하다고 믿는 남자, 삶이 평탄치 않은 여자, 이름을 계속 바꾸고 싶어 하는 소녀, 배우자를 먼저 떠나보내고 위축된 초로의 여인, 새를 그리는 소년과 이제는 존재하지 않는 새의 박제를 만드는 아버지, 절교의 상처를 오랜 세월이 지나서야 겨우 털어낼 수 있게 된 여자. 모든 인물은 자기 이야기의 주인공인 동시에 다른 인물의 이야기에 등장하는 단역이다. 「"당신은 성공으로 빛나고 있네요"」 속의 한 대목을 들여다보자. "그녀는 그들 모두가(그녀 자신도 포함해) 타인의 삶에서 그리 중요하지 않은 인물이라는 생각을 한다. 엑스트라. 영화가 시작하자마자 살해당하거나 용암에 쓸려가는 단역. 하지만 자기 삶에서는 그들 자신이 중심이다."(34~35쪽) 물론 에바 코파라는 인물이 누군가의 애인, 엄마, 이웃, 여동생, 동업자로 등장한다는 점에서 일종의 구심점 같은 인상을 주기는 하지만 한 편 한 편이 서로 다른 인물을 조명하고 그의 이야기에 초점을 맞춘다는 점에서 단편집으로서의 정체성은 분명하다.

인물들이 느슨하게 연결되어 있기 때문에 우리는 독서에 빠져들수록 그들의 세계(한때 치안이 별로 좋지 않았으나 지금은 예쁜 카페와 상점이 많이 들어선 변두리 동네)에 익숙해지는 동시에 또 다른 인생사를 연달아 발견한다. 작가의 상상력이 점차 갈래를 뻗어가고 풍부해질수록 그 세계는 점점 더 매력적이고 사랑스럽게 다가온다.

　그러나 이 단편들이 아름답고 사랑스러운 감정만을 다루거나 무리하게 모든 것을 긍정적으로 바라보려 애쓰지는 않는다. 작가가 포착한 인생의 어느 한 순간은 어느 방향으로든 뻗어나갈 수 있는 무한한 가능성을 품고 있다. 바닥으로 하염없이 떨어지는 것 같은 순간에도 위로 치고 올라갈 수 있는 계기가 그 안에 있다. 타인의 한마디, 이웃의 예기치 않은 방문도 그런 계기가 될 수 있다. 심지어 고약한 수작에 기만당한 채 맞이하는 죽음조차도 순전히 비참하지만은 않다. 인생의 모든 순간은, 이러한 의미에서 결정적이다. 새삼 깨닫는바, 필멸의 삶에는 흥망성쇠가 있고, 몰락의 순간과 몰락해도 상관없다고 생각할 만큼 빛나는 순간은 다르지 않을 수 있다. 그러한 일면 혹은 한때를 느끼게 하는 것이 문학의 묘미, 특히 단편소설의 즐거움 아닐까.

　작가의 은근한 유머 감각 역시 주목할 만하다. 특히 이 책은 전지적 3인칭 시점처럼 시작해놓고서 작품이 한참 진행된 후에 천연덕스럽게 1인칭 화자가 끼어들곤 한다. "내 생각에, 엄마는 오히려 마음이 놓였을 것이고 딸도 그런 낌새를 모르지 않았다."(「자기에게로 가는 길」, 63쪽)

독자는 이 '나'가 누구인지 어리둥절해하면서도 일단 서사의 흐름을 탄 이상, 고개를 끄덕이게 된다. "라즐로가 정이 가는 인물은 아니라는 것을 안다. 게다가 나한테도 그렇게 보이기는 마찬가지다. 다만, 나는 그에게도 참작할 만한 사정이 있다는 것을 안다."(「슈뮐 박사에게 나타난 기이한 새」, 106쪽) 있는 듯 없는 듯한 화자의 추임새는 독자의 호기심을 건드리는 동시에 공감을 끌어낸다.

나이가 들면서 인생이 내 마음 같지 않고 거기서 우연이 차지하는 지분은 예상을 뛰어넘는다는 생각을 종종 한다. 이 삶을 정량화된 기준(시간이나 화폐 단위, 건강이나 아름다움의 객관적 기준들)에 비추어 바라보는 데 익숙해지면 행운과 불운, 압도적인 우연 앞에서 사기가 꺾이기 쉽다. 그러나 인생의 길흉화복은 그리 쉬이 말할 수 없다. 단순히 새옹지마 운운하려는 것이 아니라, 불운과 불완전성에도 불구하고 삶이 빛나는 이유는 내 삶의 상태 그 자체에 있다는 말을 하고 싶은 것이다. 결핍, 상실, 상처, 불운이 있으면 어떠랴. 이 삶에 주어진 다른 좋은 것, 다른 기쁨, 다른 인연이 분명히 있는 것을. 조금은 못마땅하고 조금은 버거운 상태 그대로, 이 삶에 축배를 들 이유는 충분하다.

한낮의 불운

초판 1쇄 인쇄 2026년 2월 20일
초판 1쇄 발행 2026년 3월 6일

지은이 베로니크 오발데
옮긴이 이세진
펴낸이 김선식

부사장 김은영
책임기획 곽수빈 **책임편집** 양우림 **디자인** 김하얀 **책임마케터** 오서영
콘텐츠사업6팀장 박진혜 **콘텐츠사업6팀** 김하얀, 최찬미, 양우림
마케팅사업2팀 오서영, 이현주 **홍보2팀** 정세림, 고나연, 이다은
브랜드사업본부장 정명찬 **브랜드홍보팀** 오수미, 서가을, 박장미, 박주현
영상홍보팀 이수인, 염아라, 이지연, 노경은
저작권팀 성민경, 이슬 **편집관리팀** 조세현, 김호주, 백설희
재무관리팀 하미선, 임혜정, 이슬기, 김주영, 오지수
인사총무팀 강미숙, 김재경, 김혜진, 김주림, 황종원
제작관리팀 이소현, 김소영, 유미애, 이지우, 이승협
물류관리팀 김형기, 김선진, 주정훈, 양문현, 채원석, 박재연, 이준희, 최대식

펴낸곳 다산북스 **출판등록** 2005년 12월 23일 제313-2005-00277호
주소 경기도 파주시 회동길 490
전화 02-704-1724 **팩스** 02-703-2219 **이메일** dasanbooks@dasanbooks.com
홈페이지 www.dasan.group **블로그** blog.naver.com/dasan_books
용지 스마일몬스터 **인쇄** 민언프린텍 **코팅 및 후가공** 제이오엘엔피 **제본** 국일문화사

ISBN 979-11-306-7499-5 (03860)